# スマホを落としただけなのに
# 連続殺人鬼の誕生

志駕 晃

宝島社
文庫

宝島社

# スマホを落としただけなのに　連続殺人鬼の誕生

# 一

## ボク

目がさめると、ママが天じょうからぶら下がっていた。

「ママ」

だらりとベロを出したママに話しかけたけれども、ママは何もしゃべらない。

ママは昔から時々ヘンなことをするところがあったから、これも何かのイタズラなのかなあ。

テレビの音が聞こえていた。今、流れている番組が終わるまでに家を出ないと、チコクをしてしまう。チコクをするとママにも先生にもおこられるから、急いできがえて歯をみがいた。

ランドセルをしょってから、もう一度ママのようすを見たけれども、あいかわらず天じょうからぶら下がったままだった。

どうしよう。

「ママ、学校に行った方がいい？　それとも今日は休んだ方がいいのかな」

ママは何もこたえない。

時計を見ると家を出なければいけない時間を五分もすぎていて、今からだと学校まで全力で走らなければ間に合わない。

とにかく学校に行こう。

だって、学校に行かなければ給食が食べられない。

「ママ、行ってきます」

天じょうからぶら下がっているママにそう言って、ボクは学校まで全力で走った。

「佐藤翔太（さとうしょうた）。三分遅刻！」

三年一組のきょう室に入ったシュンカン、白川（しらかわ）先生からにらまれた。

白川先生はママと同じ年ぐらいの女の先生で、ママと同じぐらいこわかった。白川先生にママのことをソウダンしようと思ったけれども、すぐにジュギョウが始まってしまった。

いつ白川先生にソウダンしようか。

そんなことを考えながら白川先生の話を聞いていると、何だかねむくなってきた。

そして本当にいねむりをしそうになって、白川先生ににらまれた。

すぐに白川先生にソウダンしなくてもいいかもしれない。

このままジュギョウを受けて、まずは給食を食べよう。先生にソウダンするのは、給食を食べてからでもおそくはない。

今日の給食は、ごはん、牛乳、ジャガマーボー、ちゅうかスープ。

それを考えただけでもおなかがへってきた。

ボクは、夢とゲンジツをうまく区別することができない。

夜見る夢とは別に、まるで本当に起こっているような、昼間の夢を見ることがあった。特にママの悪い夢を見ることが多かった。ママにたたかれたり、物を投げつけられたり、ツメをはがされたりする夢だった。ぎゃくに起きていたはずなのに、何をしていたか思い出せないようなこともあった。

ひょっとして、ボクは今もフトンの中にいてねむっているのかもしれない。などの外をぼんやり見ていると、朝ママが天じょうからぶら下がっていたのも夢だったように思えてくる。

学校が終わって家に帰ったら、何もかもがいつも通りになっているような気がしてきた。白川先生もいそがしそうだし、やっぱりママのことをソウダンするのはやめておこう。

ボクはジュギョウを受けて給食を食べた後に、時間割の通り下校した。

「ただいまー」

ゲンカンのドアを開けながら大きな声を出した。

部屋の中はしんと静まり返ったままで、ママの声は聞こえない。

くつをぬいで家に上がってみると、ママは朝と同じように天じょうからぶら下がったままだった。

その後ボクは交番に行って、おまわりさんにママがジサツしたことを話したらしい。〝らしい〟と言ったのは、ボクにはその時のキオクがまったくなかったからだった。

## 俺

「お願いやけん、殺さんで」

宮本(みやもと)まゆが、涙と鼻水で顔をぐちょぐちょにして叫んだ。

俺はジャックナイフをまゆの耳に当てる。

「究極の選択ゲームです。次の二つから一つを選んでください。耳を落とされるのと、鼻を削(そ)がれるのならばどっちがいいですか」

涙を溜(た)めた目が大きく見開かれ、まゆの口がわなわなと震える。

首には鎖に繋がった首輪が付けてあり、その鎖はベッドの足に括りつけてある。手と足も拘束具で戒めているのでまゆは自由に動くことができない。半裸のまゆはここ数日間、鎖に繋がれたまま犬のように飯を食べトイレに行って排泄をした。

「どっちも嫌！」

まゆは翔太のお気に入りのデリヘル嬢だった。

不細工のくせに翔太を騙して大金を巻き上げた最低の女だ。しかも翔太に金がなくなった途端、まゆは態度を豹変させた。金が払えないと言った翔太に、店のスタッフを呼んで殴る蹴るの暴行を加えさせた。そのせいで翔太は鼻を骨折し全治六週間の大怪我を負った。

「もう一度訊きます。耳を落とされるのと、鼻を削がれるのならどっちがいいですか」

今度はナイフを鼻の下に当てた。

「痛い痛い、せんどって！」

身をのけ反らせてナイフの刃から逃れようとする。

「ねえお願い。なんでも言うこと聞くけん殺さんで」

翔太の復讐をするため、店のサーバーに潜入し、まゆの個人情報を調べ上げた。

そして言葉巧みに誘い出し、郊外に借りた隠れ家的なこの家に監禁した。

そこまでは勢いでやってしまったが、今ではちょっと後悔していた。まゆを殺すことに躊躇(ちゅうちょ)はなかったが、その死体をどうすればいいのだろう。しかしここまでやってしまえば、まゆを解放した途端に警察に通報されてしまうかもしれない。

「どっちも嫌。お金やったらあげる。やけん、私を許して」

この博多(はかた)弁が耳障りだった。

今年二〇一五年の流行語大賞は、「五郎丸(ごろうまる)」「安心して下さい、穿(は)いてますよ。」を抑えて俺が好きなヤクルトスワローズの山田哲人(やまだてつと)の「トリプルスリー」が選ばれた。しかしそのヤクルトを日本シリーズであっさり破ってしまったのが、福岡のソフトバンクホークスだった。

「私を好きにしていいけん。やけん、体に傷をつけるのは止めて」

まゆの博多弁が止まらない。

俺は翔太のためにではなく、ひょっとするとこの博多弁がうざくてこの女を殺したくなったのかもしれない。

博多弁を喋(しゃべ)ればバカなデリヘルの客が喜ぶことをこの女は知っている。そして今も博多弁を使えばこの危機から逃れられると思っているはずだ。

どうして翔太はこんな女が好きなんだ。

翔太はこの女に、死んだ母親の姿を重ね合わせているところはあった。確かに黒い髪だけはあの女に似ていたが、それ以外は全然似ていない。

「止めた」

俺はナイフを放り投げた。

「助けてくれると。ねえ、私ここであったことは絶対人には言わんけん。お願いやけんこの鎖を解いて。そしたらお金もやるけん。お財布の中のお金はやるけん」

可笑しくて笑いが堪えられない。

そう言うまゆの財布の中には、三千円しか入っていない。

スマホを取り出しインターネットを立ち上げ、ダークウェブの掲示板にアクセスする。ヤフーやグーグルだけがインターネットの世界ではない。ダークウェブはＩＰアドレスを特定されない闇のサイトで、一般人はそこにアクセスするのも難しかった。

その存在を知ったのは、今から三年前だった。

麻薬、児童ポルノ、ピストル、そしてヘリコプターを打ち落とせるようなロケットランチャーまで、ダークウェブの闇マーケットで買うことができた。そこでは絶対に身元がわからないという安心感から違法な情報もやり取りされていて、中には殺人を請け負うような輩もいた。

コンピューターウィルスやそれを送り付けるための上顧客の名簿、そしてそれらの決済のための身元がばれない他人名義の銀行口座まで売られていた。そこはまるで詐欺師のためのアマゾンで、必要なもの全てを手に入れることができた。

俺もそこで購入したウィルスを使って、かなりの金額を稼いでいた。しかも警察に捕まらない方法も、金さえ払えば懇切丁寧に教えてもらえた。

まゆは呆けた顔をして俺のことを見上げている。急に俺がスマホをいじりだしたので、助けてもらえると思っているようだ。

片手でスマホを操作して、メッセージを書き込んだ。

《人を殺しても、絶対にばれない方法を教えてください》

ボク

『ママ、おなかがすいたからお金をちょうだい』

むかしはママにごはんを作ってもらったこともあったけれども、ボクが買い物をできるようになってからは、お金をもらってコンビニとかで好きなものを買って食べるようになった。コンビニのお弁当はおいしかったけれども、部屋がゴミでいっぱいになってしまうのがイヤだった。

「燃えるゴミ」は月よう日。

「燃えないゴミ」は木よう日。

ゴミはコンビニで売っている袋にぶんべつして入れれば、車が持っていってくれることがわかると、ゴミ出しはボクの仕ごとになった。

家にはセンタクキがあったけれども、ボクには使い方がわからなかった。だから何枚かある服の中で、きれいなものを選んで学校に着ていった。それでも学校で「くさい」と言われたことがあったので、おふろで体と一緒に下着を洗うことを発明した。石けんで洗った服はいい匂いがして、それからはもう「くさい」と言われることはなくなった。

ママが出かける時は、ボクは家の中で犬の首輪をつけさせられていた。首輪には長いクサリがつなげられて、ボクが外に出られないようになっていた。ママのるす中にボクが外に出てしまい大けがをしたことがあったので、それからはそうなったらしい。クサリにつながれていても、テレビを見たりご飯を食べたりトイレに行ったりすることはできた。だけどクサリにつながれたボクを近所のおばさんに見られた時は、ボクはママにしかられて何度もモノサシでたたかれた。

ママのボウリョクは、何がきっかけではじまるかわからなかった。さっきまでキゲンが良かったのに、急に人が変わったように怒り出すことがあった。

『ママ、ごめんなさい』

『もうやりません』

『ボクがわるかったです。二度とやりません』

なんで怒られているかわからないこともあったけれども、とにかくボクはあやまった。

怒った時のママはこわくてイヤだったけれども、いつも怒ってばかりいるわけではなかった。ボクがお手伝いや、ママの役に立つことをしたときは頭をなでてくれたこともあった。

ボクはそんなママが大好きだった。

『ママ、トイレをおソウジしたよ』

『ママ、ゴミを出しておいたよ』

『次は何のお手伝いをすればいい？』

だからボクはいっしょうけんめいお手伝いをして、ママにほめられるように努力した。

『ちょっと用事があるから、しばらくこのお金で生活しなさい』

ボクが大きくなるにつれて、ママが家を空けることが多くなった。そのうちお金もくれなくなり、さいごは何日も帰ってこないようになってしまった。

『ママ、お金をちょうだい。もうお家に食べるものが残ってないの』

家の中にあったショクリョウはほとんど食べつくしてしまった。

学校のある日は給食を食べられたのでなんとかなったけれども、土日は何も食べられないこともあった。

『ママ、昨日はどこに行ってたの？』

『ママ、おなかがすいた』

『お金ちょうだい』

ママはいつもお酒くさくて、ボクの話していることがよくわかっていないようだった。朝ボクが学校に出かける時にはねむっていることが多く、学校から帰ってくるともういなくなっていた。

ムシをされるぐらいだったら、ボウリョクをふるわれた方がまだましだった。だけどママはジサツをして、ボクはえい遠にムシされてしまった。

# 俺

《ヨシハル君、そんなの簡単だよ。人を殺しても、その死体が絶対に見つからないようにすればいいだけだよ》
　俺が投げかけた質問に、早速Mから返信がきた。
　Mは闇掲示板の有名人で伝説のハッカーとも言われていた。俺はこの掲示板でMと知り合い、Mの指示に従って仕事をしたこともあった。
《どうすればいいんですか。Mさん教えてください》
《庭があるならそこに埋めるのが一番いい。しかし丹沢（たんざわ）にとてもいい場所があるので、そこを教えてあげてもいいよ。もちろん有料だけど》
《是非、お願いします》
　俺はMの顔はもちろん携帯番号もメールアドレスも知らなかった。知っているのは仮想通貨のアカウントだけだった。
《座標を送るよ。とにかく大事なことは、死体を埋める穴を徹底的に深く掘ること。最低でも一メートル、できれば二メートル掘れば大丈夫。動物は人間の数百万倍の嗅覚を持つから、そのぐらい深いところに埋めないと、野生動物に簡単に掘り返されてしまうからね。人力で掘ると大変だから穴掘り機を使うといい。それから山には蛭（ひる）がたくさん出るので、蛭除けスプレーも忘れずに》

　本当にMは何でも知っている。

　そんな風に感心していると、まゆのバッグの中から着信音が聞こえてきた。

　バッグから携帯を取り出して見ると、まゆが勤めているデリヘル店の店長からの電話だった。

「今日はシフト入っとうけん、店長が心配しとうっちゃろ。ねえ、いつまでここに閉じ込めとくつもりなん。店長が警察に相談するかもしれん」

　確かにまゆの言うとおりだ。ぐずぐずしていると警察が動き出して、この携帯の位置情報をもとにここにやってくるかもしれない。

　しかし今ここで、俺がこの電話に出ることはできない。

　まゆの携帯には、ロックが掛かっていた。

「この携帯のロックを解除する番号は？」

「それ聞いてどうするつもり」

　電話には出られなくてもＬＩＮＥをすることはできる。

「さあ、究極の選択ゲームです。鼻を削がれるのと、携帯のパスワードを教えるのは目を瞑って顔を背けた。

「どっちがいい？」

ナイフの刃を鼻の下に当てると、まゆは顔を背けた。

「どっちも嫌」

「しょうがないな。じゃあ、鼻からいこうか」

ナイフを持つ手に力を込める。

「１２１５！」

まゆはの化粧が涙でぐちゃぐちゃに崩れていた。

いい顔だ。

この女は確かに不細工だけれども、脅すと実にいい表情をする。恐怖や苦痛に歪む顔にはその人間の本性が現れる。女たちのそんな顔を見るとぞくぞくする。

まゆのスマホに「１２１５」と打ち込むとロックが外れた。

《急用ができてしまったので、今日の仕事は休みます。暫く、シフトは入れないでおいてください》

そんな文面をＬＩＮＥに打ち込み、まゆに見せる。

「勝手に人の携帯いじらんどって」

無視して送信ボタンをプッシュする。

「ねえ、何でも言うこと聞くけん、命だけは助けて」

「じゃあ、質問に答えてください」

床に転がされたまゆは首を縦に振って俺を見上げた。

「鼻を削がれるのと、お腹を刺されるのはどっちがいいですか」

「ごめんなさい！　許して。あんたをマザコンって言ったの謝るけん」

俺はマザコンという言葉が嫌いだった。

「誰がマザコンだっていうんだよ」

右手でまゆの頬を叩くと甲高い音が部屋中に響いた。

「だって自分でそげん言いよったやん。私のことママ、ママって呼んでくれたやん。あんた生んで本当に良かった。あんたはパパとママの自慢の息子たい。私にそう言ってくれって、何十回も言いよったやん」

「黙れ、このデリヘル女！」

まゆの腹に蹴りを入れる。

「さあ、最後のチャンスです」

腹を抱えて痛みに耐えながらも、まゆは顔を上げて俺を見上げた。

「なんすると」

死を覚悟した子鹿のようなまゆの目を見た瞬間、俺の体の中を邪悪な血潮が駆け巡った。

「鼻を削がれるのと、お腹を刺されるのはどっちがいい。答えられない場合は、自動的にお腹を刺します」

まゆの顎を持ち上げて、頬にナイフの刃を当てる。

「お願い、命だけは助けて」

「じゃあ鼻だね。鼻を削がれるだけなら死にはしないよ。さあ、どうする。どっちがいい？」

ナイフを右手に持ち替えて、まゆの鼻の下にナイフを当てる。

「どっちも嫌！」

まゆは顔を背けて目を瞑った。

「残念、時間切れです」

## ボク

ボクはお父さんの顔を知らない。

顔だけではなく、名前も教えてもらったことがない。お父さんの話をするだけでママからおこられたから、小さい頃からお父さんのことにふれてはいけないものだと思っていた。

たったひとりの家ぞくのママがジサツをしてしまった。

ひょっとすると親せきのおばさんみたいな人が、ボクのところにやってくるのかと思っていたけれども、現れたのは黒いスーツを着た市役所のお兄さんだった。

「君の遠い親せきがお母さんの遺体の引き取りを拒否したので、これからはお兄さんの言うことを聞いてください」

ママと一緒に黒い車に乗せられて、ボクは火そう場というところに連れていかれた。

朝からずっと雨が降っていた。他にも黒い服を着た大人たちがいて、ひとりだけボクと同じぐらいの年の男の子がいた。その子は白いシャツと黒い半ズボンを着ていたけど、ボクはいつものスヌーピーのTシャツだった。

「最後にお母さんの顔を見る？」

市役所のお兄さんにそう言われてカンオケの小さなトビラからママの顔を見た。ママの顔は別人のようで、こわくてすぐに目をそらしてトビラを閉めた。

「それでは」

市役所のお兄さんや火そう場のおじさんが両手を合わせておじぎをしたので、ボクも同じようにやってみた。

「お坊さんを雇うお金がないからね」

お兄さんがもにょもにょと何かじゅ文のような言葉をつぶやくと、ママのカンオケは暗いネンショウシツに入れられた。

火そう場のおじさんがボクらにおじぎをしてからボタンを押した。やがて油のにおいとゴオオというイヤな音が聞こえてきた。

「さてと、焼きあがるまで一時間ぐらいかかるからロビーで待っていてね」

うで時計を見た市役所のお兄さんがどこかに行こうとしたので、ボクは急に不安になってしまった。

「すいません。何か食べるものはありませんか」

お兄さんはびっくりしたような顔をした。

「朝から何も食べてないの？」

「昨日の給食から何も食べていません。このままだと明日の給食まで、何も食べられないかもしれません」

お兄さんは、どこかからアンパンとクリームパンと焼きそばパンを買ってきてくれた。

「これは俺のおごりだから」

「どうもありがとうございます」

「それじゃあ、ちょっとタバコを吸ってくるから」

ボクは夢中になって三つのパンを食べた。特に焼きそばパンがおいしくて、なみだが出そうになってしまった。

これで明日の給食までうえ死にすることはないだろう。

少し気分が落ち着いたので外に目をやると、どんよりとした雲から相変わらず雨が降っていた。ロビーのすみですすり泣くおばあさんの声が聞こえていたけれども、さっきの黒い半ズボンを着た子はゲーム機に夢中になっていた。

「お骨拾いはしますか」

焼かれて骨だけになってしまったママの前で、火そう場のおじさんにたずねられた。

「時間もないので、結構です」

何のことだかわからなかったけれども、市役所のお兄さんがそう答えた。お兄さんは、さっきから急いでいるような気がした。

「わかりました」

おじさんはちらりとボクのことを見たあとに、ママの骨をちり取りですくって骨つぼの中に入れ始めた。大きな骨があったので、おじさんがその骨をボキボキと砕いた時は、何かいたそうな感じがしてイヤだった。

白い骨つぼの中にママが収まってしまったけれど、ボクには悲しいとかさみしいとかの気持ちがわいてこなかった。ボクはママが天じょうからぶら下がっていたのを見て以来、ずっと夢を見ているようなふわふわとした気分になっていた。

ついに一人になってしまった。

明日から、ボクはどうやって生きていけばいいのだろう。家には全くお金がない。給食だけで生きていけるのか。ママが入った骨つぼを見ながらそう思っていた。

「骨は君が持ち帰ってもいいんだけど、お墓も用意できないだろうから役所の方で保存しておきます。五年たつとママの骨は他の身寄りのない人たちも入っているお墓に一緒に入れられて、二度と取り出せなくなります。だからママだけのお墓にしたかったら、五年以内に市役所に連絡をください」

五年たてば、ボクは中学生になっているはずだ。

その時までに、ママだけのお墓を作ることなんかできるのだろうか。

そもそも夏休みが始まって給食が食べられなくなってしまったら、ボクはどうやって生きていけばいいのだろう。

俺

《スマホをハッキングされたかもしれません。そちらの会社で調べてもらうことはできますか？》

　スマホの動作が遅くなり、急にバッテリーの減り方が速くなった。自分で調べることもできたが、俺は敢（あ）えて日本で最も優秀と言われているセキュリティー会社にそんなメールを送った。

《当社は警察や捜査機関からの依頼も受けている最先端のセキュリティーサービスを提供しています。まずはお電話かネットで、無料相談をさせていただきます。二四時間三六五日で対応しておりますので、お気軽にご相談ください》

二〇一二年のパソコン遠隔操作事件で誤認逮捕をした警察は、その後サイバー犯罪対策を強化していた。しかし今までＩＴに縁がなかった刑事が急にサイバー犯罪を取り締まろうとしても、本格的なハッカーたちにはとても太刀打ちができなかった。だから実際には、この会社のような外部の専門家に頼っているのが現状だった。

《それでは後ほど電話をしますので、よろしくお願いします》

警察は頼りにならなかったが、そのセキュリティー会社はハッカーだった人物が立ち上げたところで、かなり優秀だとの評判だった。

《例の件は、うまくいったの？》

まゆの死体を埋めた後に、Mからそんなメッセージが届いた。

あの日以来、ネットニュースをチェックすることが日課となった。

丹沢で女性の遺体が発見されたというニュースがないかと、暇さえあればスマホをチェックしていた。しかし二〇一六年に年が変わって、五人組の国民的アイドルグループが解散するという騒動で、世間の注目はその一点に集中していた。

《あれは冗談ですよ。さすがにやばいと思って止めました》

Mほど頼りになって、そしてMほど恐ろしい存在はいない。だから俺の弱みをわざわざ教える必要はない。

《本当に？　まあ、情報料はしっかりもらったから、何をしようと君の勝手だけどね》

Mもそれ以上は、何も訊いてこなかった。

そして俺はダークウェブの闇マーケットで、最新型の遠隔操作ウィルスとそのアンチウィルスを物色した。

《お問い合わせ有難(ありがと)うございます。あなた様のスマホは、本当にハッキングされていました。しかしこのタイプのウィルスならば、当社でハッキング元を追跡することができます。すぐに着手可能ですが、まずはお見積もり書をお送りしましょうか》

ウィルスをブロックすること、さらにどこからどのように仕掛けられたかを調べることは不可能ではない。

《是非、お願いします》

そしてかなり高額な見積もり書が送られてきた。

《Mさん。ちょっとまとまった金が必要になりました。何かいい仕事はありませんか?》

俺はMにダイレクトメッセージを送った。

### ボク

「君は児童養護施設に入ることになります」

骨つぼをひざの上にのせて市役所の車で火そう場を出る時に、お兄さんにそう言われた。

「そこはどんなところですか」

「君みたいにお母さんやお父さんを亡くしたり、虐待やネグレクトを受けたりした子供たちが一緒に住んでいる施設だよ」

お兄さんにつれてこられたそのシセツは、小学校よりは小さかったけれど、保育園や幼稚園よりは大きなところだった。

「じゃあ、ここでママともお別れだね」

車の中に骨つぼを置いて車を降りた。

「翔太君、はじめまして。今日からここがあなたのお家になるからね」

百合子（ゆりこ）先生という若い女の人がそう言った。

長くて黒いかみをしていて、ちょっとだけママに似ていると思った。でも百合子先生はママよりずっと若かったし、昼間からお酒を飲んだりはしないので、ママとはぜんぜんちがう人だった。

「ここには翔太君と同じぐらいの年のお友達がいるから、ルールを守ってみんなと仲良くしてね。何か質問はあるかな」

百合子先生が顔を近づけてそう言うと、かみの毛からいい匂いがしてドキリとした。

「ご飯は一日何回食べられますか？」

そのことが一番気になっていた。

「もちろん三回よ。他におやつも出るし、お友達のお誕生日にはケーキでお祝いすることもあるわよ」

「ボクにはお金がありません」

「大丈夫よ。ここでかかる費用は全部税金で賄（まかな）われているから、翔太君はお金の心配をしなくていいから」

「本当ですか？」

シセツで一番うれしかったことは、食べ物の心配をしなくてすむことだった。

「この子がルームメイトのヒロユキ君。仲良くしてね」

そして百合子先生は、ボクと同じ年ぐらいの男の子を紹介した。

だけどヒロユキは何も言わずにそそくさとその場から逃げるようにいなくなってしまった。

「ゴメンね。ヒロユキ君はちょっと障害があるから、あんな感じだけれど悪い子じゃないからね」

五才ぐらいから高校生までの年れいの子供たちが、シセツで一緒に暮らしていた。

ご飯は先生たちが作ってくれて、それをみんなで配ぜんして一緒に食べた。メニューもハンバーグやカレーや餃子（ギョーザ）など色々で、学校の給食よりもはるかにおいしかった。しかも生徒たちが好きな料理をリクエストすることもできて、焼きそばパンを作ってもらったこともあった。もうそれだけで天国のように思えたけれど、さらに新品の洋服と月八〇〇円のお小づかいがもらえたのでびっくりした。

子供たちの間で、ケンカやいじめはよくあった。シセツではテレビを見ることができたけれども、二〇人ぐらいの子供に対してテレビはたったの一台で、何を見るかは一番力のある中学生のリョウタが決めていた。

「おまえ、何か文句あんのかよ」

ボクはなるべく目を付けられないように注意していたつもりだったけれども、なぜかよくからまれた。同室のヒロユキもリョウタにはいじめられていて、ボクたち二人は先生のいないところでよくリョウタから殴られていた。

このシセツでボクは初めてパソコンというものを知った。

ボクはパソコンにムチュウになった。ゲームやインターネット、そして動画を見たりしていると、嫌なことを忘れることができた。でもパソコンはきょか制で、一週間に一時間ぐらいしか使わせてもらえなかった。

「翔太君。ここの生活には慣れたかな」

百合子先生はボクやヒロユキなどの小学校低学年グループの担当で、一人で一五人ぐらいの子供たちの世話をしていた。

「困っていることがあったら何でも言ってね」

百合子先生は笑いながらそう言った。

「どうしてボクにやさしくしてくれるんですか?」

今までボクは、人にやさしくされたことがなかった。だから笑顔で近づいてくる人が何を考えているかわからなかった。

「翔太君のことを心配しているからよ。ここには色んな子供たちがいるけれども、ママとあんな感じでお別れしてしまったのは翔太君が初めてだから」

親がジサツしたところを見たのはボクぐらいしかいなかった。

「それじゃあ、パソコンをもっと自由に使えるようにしてください」

本当にそう思っていた。もっとパソコンが使えれば、好きなゲームもできるし、インターネットで色々なページを見ることもできる。

「ゴメンね。みんなパソコンは大好きだけど、インターネットの世界は危険なことがいっぱいあるから、一回一時間って決まりになっているの」

「どうしてインターネットはキケンなんですか?」

「先生も詳しいことはわからないんだけど、インターネットには悪い人もアクセスできちゃうから、何も知らない子供は被害に遭いやすいの。普通にゲームをやっているつもりでも、知らない人からお金を騙し取られたりするからね」

大人はいつもこうだ。

口ではやさしそうなことを言うけれど、ボクが本当にやりたいことは何もやらせてくれない。

「翔太君がパソコンを大好きなのはわかるけれど、ルールを破って夜中にパソコンを使うのは止めてね」

そしてやってもいないことを、かってに決めつけて怒ってくる。

「ボク、夜中にパソコンなんか使っていませんけど」

百合子先生は困ったような顔をしてボクの顔をのぞき込んだ。

「まあいいや。とにかく何でも正直に先生に言ってね。ここでは先生のことをママだと思っていいからね」

そう言ってボクの頭を軽くなでようとした。

「ふざけないでください」

頭にさわろうとした先生の手を振り払った。

「ど、どうしたの」

先生の顔が引きつっていた。

「ママは死んだんです。天じょうからぶら下がっていて、そして焼かれて骨つぼの中に入ってしまったところもボクは見たんです」

「いやそういうことじゃなくて、先生をママだと思っていいよって言う意味よ」

先生の言ったことの意味がわからなかった。もしも百合子先生がボクのママになったら、ボクは何をすればいいのだろう。

「ママは死にました。ママは骨になって市役所の車で運ばれていきました。そして何より、百合子先生はボクのママではありません」

「わかったわ」百合子先生は軽くため息をついた。「じゃあ、それはもういいけど、とにかく困ったことがあったら先生に相談してね」

「じゃあ、一つだけお願いがあります」

「なあに」

先生はにっこり笑った。

「ボクにやさしくしないでください」

いつまでもこんな平穏な生活が続くはずがない。

血がつながったママでさえボクにやさしくしてくれなかったのに、赤の他人の百合子先生がボクにやさしくしてくれるのはおかしい。

きっと何かたくらんでいるはずだ。

百合子先生だけではなく、他の生徒たちも同じだと思っていた。ボクは人にやさしくしてもらわなくても生きていける。今までずっとそうだったし、これからもそうなるはずだ。

「ボクにかまわないでください。これ以上やさしくされるのは迷わくです」

俺

《お前、俺のスマホに何を仕掛けた》

Mはウィルス付きのメールを、あっという間に見破った。

《何もしていませんよ》

しかしこうなることも予測していた。

《これは最新型の遠隔操作ウィルスだな》

スマホを遠隔操作ウィルスに感染させれば、その中のデータをすっかり抜くことができる。しかしこんなに早くばれてしまえば、どこまでMの情報を抜けたのかはわからない。

《さすがMさんですね。あなたが私のスマホに仕掛けたのと同じものですよ》

俺のスマホをハッキングしたのは、Mに違いないと思っていた。

《こんなことをしてただで済むと思っているのか。こっちにはお前のスマホの位置

情報はもちろん、お前の顔写真もあるんだぞ》

スマホのカメラ機能を遠隔操作して、俺の顔写真を手に入れたのだろう。騙しあいは、先に仕掛けた方が圧倒的に有利だった。

《じゃあ、お互い様ですね》

しかし俺にもチャンスがないわけではない。伝説のハッカーのMと俺との戦いならば、失うものはMの方がはるかに多かった。

《すぐにお前のウィルスを削除した。だから俺の情報はほとんど抜き取られていないはずだ》

さすがMは抜かりがない。

しかし、いくらすぐにウィルスを削除していても、どこまで情報が抜き取られたかMであってもわからない。

《それはどうですかね。こっちには優秀なセキュリティー会社がついていますから。そこは警察の仕事も受けているところですよ》

Mほどの存在になると、さすがに警察もマークをしている。世間を騒がせた仮想通貨流出事件にMが絡んでいるという噂(うわさ)もあって、警察もMの動向には大いに関心があるはずだ。

《お前にだって、警察には言えない秘密はあるだろう。スマホの中の写真も見たぞ》

　Mは俺が警察には通報しないと高を括っているようだ。

《それもお互い様ですよね。だけどあなたに殺されるぐらいなら、警察に自首をした方がましです。もしも私が殺されたら、自動的にあなたのデータが警察に届くように設定しました》

　スマホの位置情報を握られていれば、当然自宅の住所は知られている。Mは裏社会にも通じているから、いつか拉致されて殺されてしまう可能性は十分にあった。

《そんなはったりが俺に通用すると思っているのか》

《はったりかどうか、俺を殺してみればわかりますよ》

　果たしてMはこの罠に引っかかるか。

　セキュリティー会社に問い合わせのメールはしたが、実は電話は掛けていなかった。その後のメールのやり取りは自作自演で、スマホをハッキングしたMを誘き出すための餌だった。

《お前、なかなかいい度胸をしているな。気に入った。その度胸を見込んで頼みたい仕事がある》

# 二

## 僕

養護施設に入って四年の月日が過ぎて、僕は中学生になっていた。

そんなある日、施設の庭を蟻（あり）が行列していくのを見つけた。口には卵のような白いものを咥（くわ）えていて、引っ越しでもしているかのようだった。

「死んじゃえ、死んじゃえ」

僕はその蟻たちを足で踏み潰して遊んでいた。

なぜだかわからなかったけれども、みんな揃（そろ）って同じことをする蟻たちに憎しみを覚えた。そして何かの義務感にかられるように、蟻たちを踏み潰すことに熱中していた。

「蟻なんか殺して面白いの？」

どこからともなく男の子の声が聞こえてきた。

蟻を踏み潰すのを止めて、ぐるりと周囲を見回したけれども誰もいない。

「そんな弱っちい虫じゃなくて、もっと大きな生き物を殺せばいいのに」

男の子の声に耳を澄ました。

以前にもその子の存在を感じたことはあったけれども、こんなにはっきりと声が聞こえたのは初めてだった。

「俺の声が聞こえるの？」

また男の子の声がした。

「君は誰なの？」

「俺？　俺の名前はヨシハルだよ」

その男の子に名前があることを初めて知った。

「ヨシハルは漢字でどう書くの？」

「漢字はないんだ。カタカナでヨシハル。翔太、今日は眠くならないんだね」

不思議なことに、ヨシハルは僕の名前を知っていた。

「眠くなる？　それってどういう意味？」

「俺が出てくると翔太はすぐに眠っちゃうか、体の外に抜けちゃうんだ。だけど今日はちゃんと起きていて、俺の言葉が聞こえるんだね」

体を半分潰された蟻が、足だけをせわしなく動かしてもがいていた。僕はその蟻を再び踏み潰してとどめを刺してあげた。

「声ははっきり聞こえるんだけど、ヨシハルはどこにいるの？　それとも僕の頭がおかしくなっちゃったのかな」

「俺は翔太と同じ体の中にいるんだ。翔太、二重人格って聞いたことある？」

僕にははっきりとヨシハルの声が聞こえていた。

「何それ」

「一人の人間の中に二つの人格ができてしまう病気だよ。小さい時にママに怒られた時のことを思い出してみてよ」

『お前なんか生むんじゃなかった』

『顔も見たくない。家から出ていけ！』

『お前なんか、死んじゃえばいいのに』

あの頃のことを思い出すと、今でも胸が苦しくなる。

「翔太は嫌なことが起きると、体からいなくなっちゃうんだよ」

確かにママに叩かれているうちに、自分の体を抜け出して空中に漂っていく感じがしていた。

「そうして俺が代わりになって、あの女からの暴力に耐えてあげていたんだよ。だから翔太は叩かれていた時のことを、あまり覚えていないんだよ」

「そうなんだ」

確かに熱湯をかけられ爪を剝がされたはずなのに、熱さや痛さを実感できていなかった。ママに暴力を振るわれると、いつのまにか気を失って、気が付いた時には朝になっていることがあった。しかしそれが夢でなかったことも、心のどこかで理解はしていた。

「ママが自殺した時に、交番に届けに行ったのも俺なんだよ」

「そうだったの」

「交番に行ったらお巡りさんがいなくて、帰ってくるまで暫く椅子に座って待っていたんだ」

僕にはそんな記憶はなかった。

「今まで翔太のために色々やってあげていたんだよ。翔太はあんまり覚えていないようだけどね」

ヨシハルにそう言われて、夢と現実の境がよくわからない不思議な現象が腑に落ちたような気がした。あれは僕の代わりにヨシハルがやっていたことだったのか。

「どうしてヨシハルは覚えているのに、僕は覚えていないの」

「覚えていたら翔太が死にたくなっちゃうからじゃないのかな。俺は精神的にたくましくできているからね」

「だけど今まであんまり出てこなかったのに、どうして今日は急に話しかけてきたの?」

「前からちょくちょく出ていたよ。夜中に起きて一人でインターネットを見たりしていたからね」

夜中に施設のパソコンをいじっていたのはヨシハルだった。百合子先生はその時のヨシハルを見たのだろう。

「だけど話し掛けたのは今日が初めてだよ。翔太が蟻を踏みつけているのが楽しそうだったから、思わず声を掛けちゃったんだ。だけど本当に声が聞こえるとは思わなかった」

僕は足の周りの黒い塊に目を落とした。まだ少し動いている蟻がいたので、もう一度足で踏み潰して動きを止めてあげた。

「ねえ、翔太も動物を殺すのが好きなの？」

ヨシハルはその後も時々現れて、僕といろんな話をするようになった。施設の子供たちとは今一つ仲良くなれなかったけれども、ヨシハルがいたから寂しく感じることはなかった。

「今日は何を殺そうか」

ヨシハルは蟻だけではなく、トンボやバッタやカブトムシなどいろんな虫を殺すことが好きだった。

「翔太もやってみる？」

小さな男の子たちが小さな虫を殺すように、僕も蟻やバッタを殺す遊びは嫌いではなかった。特に虫の体がどういう風にできていて、それにどのぐらいの力を加えれば脚が千切れ、そしてどうすれば死んでしまうのか。それは理科の実験みたいなものだった。

「ボクは見ているだけでいいよ」

蟻はそうでもなかったけれども、カブトムシとか少し大きな昆虫になると、可哀想というかちょっと気持ち悪くなってしまい、そこまで面白がることはできなかった。

「いいの？　じゃあ、俺が殺しちゃうよ」

ヨシハルはカブトムシの頭を捻って、胴体から引きちぎった。

「うわー、まだ脚が動いてる。翔太、凄いね。どうして頭が取れても、カブトムシは脚を動かしているんだろう」

俺

Ｍに呼び出されたのは、横浜港のＤ埠頭の倉庫だった。

最寄り駅から歩けない距離ではなかったが、俺はレンタカーを借りて近くのコインパーキングに車を停めた。

大型クレーン、積み重ねられたコンテナ、フォークリフトなどを横目に見ながら、指定された倉庫を探した。同じような建物ばかりで、しかも案内看板も出ていないので、どこが指定された倉庫なのかわかりにくい。今日は日曜日の夜なのであたりに人影はなく、誰かに訊ねるわけにもいかなかった。

荷物を満載した大きな貨物船が、東京湾の奥へ進んでいくのが見えた。潮の臭いが鼻を突き、冷たい海風が俺の顔に吹き付けていた。ダウンのチャックを首元まで上げて、少しでも暖かい空気が逃げないように肩をすぼめる。

Ｍはどうしてこんなところに俺を呼び出したのか。

スマホの地図アプリを頼りに行ったり来たりしながら、やっと指定された倉庫が見つかった。

倉庫の扉が少しだけ開いていたが、中は真っ暗でよく見えない。

「すいませーん」

暗闇に向かって呼びかけてみた。

腕の時計を見ると約束の時間に一〇分も遅れてしまっていた。

「すいません。誰かいませんか」

倉庫の中に一歩足を踏み入れて、さらに大きな声を上げてみる。

「ヨシハル君だね」

渋い男性の声が背後から聞こえてきた。

振り返ると黒い革ジャンを着てサングラスとマスクをした大男が立っていた。俺も身長は高い方だが、その男は俺より一回りも大きかった。

「Mさんですか」

男はこくりと頷(うなず)いた。

この男が伝説のハッカーMなのか。

滅多に人前に姿を現さないといわれていたので、こうやって直(じか)に会えたのが信じられなかった。しかし俺を警戒しているのか、サングラスとマスクを外す意思はないようだ。

「はじめまして」

俺が右手を差し出すと、Mの大きな右手が俺の右手をきつく握った。

「翔太、面白いものを見つけたから、一緒に見に行こうよ」

ヨシハルはそう言いながらペットショップに入っていった。

「可愛いね」

一生懸命尻尾を振る子犬たちを見て、僕は思わず呟いた。

ガラス張りの部屋の中に子犬や子猫が暮らしていた。どれもとても愛くるしくて、僕の頬が自然と緩む。

「だけどみんな高いよね。この犬なんか一〇万円もするよ」

思わず飼いたくなってしまうけれども、値札に書かれた数字に驚いた。

「そんなに高いんじゃとても買えないね。もっとも施設はペット禁止だけど」

こつこつ貯金をしてお小遣いはそれなりの金額になっていたけれども、一番安い猫でもその数倍はした。

「ここにいるのは子供ばかりだけど、裏には大きくなっちゃった猫や犬もいるんだよ。前にここに遊びに来た時に、あの店員さんが教えてくれたんだ」

エプロンをしたアルバイトらしき店員が、僕を見て微笑んだ。どうやら僕が眠っている間に、ヨシハルはこのペットショップに入り浸っていたようだった。

「犬でも猫でも子供の方が可愛いからよく売れるんだ。だけど大きくなると売れにくくなるし餌代も余計にかかるから、ペットショップの人も困っているんだよ」

ヨシハルはそんなお店の裏事情を教えてくれた。

「あの隅で震えている白い猫がいるでしょ」

隅で鳴いているしょぼくれ顔の子猫をヨシハルが指さした。その猫は青い目をしていて、僕には外国の猫のように見えた。

「あの猫はブスだから、今月中に売れなかったら保健所に送られちゃうんだって」

「保健所に送られると、あの猫はどうなるの?」

「ガス室送りになって殺されちゃうのさ」

保健所という言葉の響きから、犬や猫たちにとって居心地のよい場所のような気がしたけれども、実際はその逆なのだと知ってショックを受けた。

「だからもしも売れ残ったら、俺に安く売ってくれるようにあの店員さんと約束してあるんだ」

翌月、ヨシハルはその猫を買ってきた。

「可愛いね」

「可愛い？　こんなブス猫なのに」

顔の中心に目と鼻と口が寄ってしまっているので、その猫はお相撲さんのような顔をしていた。ブス猫と呼ばれてしまうのも無理ないけれども、そこが却ってブス可愛いというか愛らしく思えた。

「それじゃあ殺すよ」

「ちょっと待って。せっかく買ったのに殺しちゃうの。飼うんじゃないの」

「施設で動物が飼えないのは、翔太だって知っているだろ。餌代だって出せないし」

「じゃあ、どうしてこの猫を買ったの」

「殺すために決まってるじゃん。もう虫やカエルを殺すのは飽きちゃったからね」

ヨシハルは最初から、殺すためにこの猫をもらってきたのだ。

「可哀想だよ。ペットショップに返してあげようよ」

多少大きくなったとはいえその猫はまだまだ子供だった。しょぼくれた顔をしていたけれど、大きな目を涙に潤ませながら小刻みに震えていた。

「バカだなー。ペットショップに戻しても、この猫は保健所に送られて殺されちゃうんだよ」

ヨシハルがポケットから折り畳み式のナイフを取り出して脇のボタンを押すと、

光る鋭い刃が飛び出した。

「そのナイフどうしたの？」

「護身用さ。この間リョウタに絡まれたから、いざというときのためにネットで買っておいたんだ」

最近、リョウタの僕を見る目がおかしいと思っていたけれども、僕の知らないところでリョウタとヨシハルはいがみ合っているようだった。

「じゃあ、殺すよ」

子猫が悲しそうな声を上げる。これから自分の身に起こる不幸な出来事を予感したのかもしれない。

「可哀想だよ。ペットショップに戻せないなら、どこかに逃がしてあげたら」

「バカだなー。こいつを野良猫にしたら餌も取れずに飢え死にするか、それとも捕獲されてやっぱり保健所に送られるだけだよ。だから結局、このブス猫は死ぬしかないんだよ」

「だけどやっぱり、可哀想だよ」

ヨシハルはそんな僕の声など聞こえなかったように、子猫を手で押さえ付けた。

「保健所ではガス室で猫を殺すんだけど、猫も人間も窒息して死ぬのはとても苦しい死に方らしいよ。それだったらナイフで首を切り落とされる方が、よほど楽な死に方なんだよ」

「本当に？」

「本当だよ。どうせもう死ぬ運命なんだから、なるべく苦しくないように殺してあげることが、この猫にとって一番大事なことなんだよ」

そういうものなのかと思っていたら、ヨシハルは子猫の後頭部にナイフを当てて今にも突き刺そうとする。

「翔太、ギロチンって知ってる？」

それは初めて聞く言葉だった。

「ギロチンって一瞬にして首を切り落とすから凄く残酷だと思われているけど、実は切り離された頭はすぐに血圧が下がって気絶してしまうから、一番苦しまないで死ねるはずなんだよ」

子猫がヨシハルの手の下で暴れだした。

「上から思いっきり叩けば、ギロチンのようにすとんと首が落ちるはず。ブス猫ちゃん、動かないでね。下手に動くと痛くなるよ」

ヨシハルは子猫にそう言いながら、ナイフの刃を子猫の首に合わせた。そして右手でナイフの背中を強く叩くと、子猫は声にならない鳴き声を上げて血を噴き出させながら暴れだした。

「やっぱり無理か」

俺

丹沢の山奥に掘った穴の中に、Mの死体を放り投げる。

最低でも一メートル以上の穴を掘りそこに死体を埋めなければ、野生動物に掘り起こされてしまう。そう教えてくれたM自身が、まさかそうやって埋められるとは思ってもいなかっただろう。

Mの血まみれの顔に、スコップを使って土を掛ける。

全裸のMの死体が徐々に土に覆われてくると、少しだけほっとした気分になった。しかしさらにその上に一メートル以上も土を掛けなければいけないのだから、埋めるのも楽な作業ではなかった。

朝からの降り注ぐ雨で全身ずぶ濡れになっていた。髪の毛から滴る雨に視野を奪われて腹立たしい。こうなると蛭除けのスプレーも洗い流されてしまい役に立たない。もう何匹の蛭に血を吸われているかわからない。

しかし危ないところだった。

Mは仕事の相談があると俺をD埠頭の倉庫に呼び出した。

罠かもしれないと警戒はしていたけれども、Mが一人で現れたので油断してしまった。Mが俺を呼び出した本当の目的は、どこまで俺がMの個人情報を手に入れたか、そして俺の背後にどんな組織がいるのかを確認するためだった。

『こう見えて、俺は空手の有段者なんだよ』

腹部にもらった正拳突きで呼吸が止まった。一対一でも力勝負になってしまえば、とても歯が立つ相手ではなかった。

ポケットに忍ばせていたスタンガンがなかったら、あのまま拘束されて拷問を受けていたはずだ。そして俺が大してMの秘密を知っていないことがばれて、きっと殺されてしまっただろう。

スタンガンは早ければ数十秒、遅くとも二分もあれば回復してしまう。その間に空手の有段者であるMにとどめを刺さなければならなかった。ジャックナイフをMの首に当てて頸動脈（けいどうみゃく）を切った。そしてスーツケースにMの死体を入れて、レンタカーでここまで運んだ。

やっと穴が半分近く埋まってきた。

水を含んだ土は思っていた以上に重く、宮本まゆを埋めた時よりも何倍も体がきつく感じられた。

空が一瞬明るくなったと思ったら耳を劈(つんざ)く雷鳴が轟(とどろ)いた。落雷はここからそう遠くないところで起こっている。そう思うと手にした金属製のスコップを投げ出したい気持ちになるが、これ以上の作業の遅れは許されない。山奥でただでさえ暗いのに、悪天候で周囲はどんどん暗くなってくる。

Mのズボンのポケットにスマホと鍵(かぎ)が入っていた。

スマホは指紋認証になっていたので、スタンガンで気絶させた後にロックを解除しパスワードを変更した。スマホの位置情報からMの自宅が割り出せるはずだ。自宅に入ることができたなら、パソコンを徹底的に調べるつもりだった。

Mが仮想通貨の流出事件に関係していたという噂はいまだにネット上で囁(ささや)かれていた。その資産が見つかれば、南の島で悠々自適に暮らせるかもしれない。

横殴りの雨が俺の顔面に当たり、満足に目を開けることもできない。

水を含んだ土砂は何倍もの重さに感じられて、みるみるうちに俺の体力を奪っていく。痛くなった腰を伸ばして穴の中を見ると、Mの死体こそ土で隠れたものの掘った穴の半分も埋まっていない。

遠くから獣の咆哮(ほうこう)が聞こえてきた。

ここには野生動物がたくさん棲(す)んでいる。血の臭いを嗅ぎつけて熊(くま)などの猛獣がやってこないとは限らない。

再び空が光り、耳を劈く雷鳴が聞こえた。

## 僕

「猫塚（ねこづか）も手狭になってきちゃったな」

ヨシハルは殺した動物を施設の裏の山に埋めて、そこを猫塚と呼んでいた。

「今までに何匹の猫を殺したの？」

そこには記念の十字架がいくつも立てられていた。

「一〇匹ぐらいかな。犬も五匹殺した」

ヨシハルの禁じられた遊びは、どんどんエスカレートしていた。

「どこからそんなにたくさんの犬や猫を集めてきたの」

同じお店から何匹ものペットを買ったり、もらい受けたりすることはできないはずだ。

「猫はけっこう簡単なんだ。放し飼いにされているからね。だけど犬は鎖に繋がれているから盗んでくるのが大変なんだ」

「いつまでこんなことを続けるつもり」

「そうなんだよね。俺もいよいよ飽きてきた」

ヨシハルはここ数ヵ月、犬猫殺しをやめていた。

「実はそろそろ人間を殺してみたいと思っているんだ」

「駄目だよ。犬や猫と違って人を殺したら大変だよ。警察も見逃してはくれないし、きっと死刑になっちゃうよ」

止まるところを知らないヨシハルの狂気に戦慄を覚えた。

「大丈夫だよ。日本では人を二人殺せば死刑になるけど、それは大人になってからの話なんだ」

「どういうこと？」

ヨシハルの言うことが理解できなかった。

「子供が人を殺しても罪には問われないんだよ。一四歳未満の子供は、罪を犯しても罰せられないんだ」

一四回目の誕生日が、いよいよ来月に迫っていた。

「嘘だ」

「嘘じゃないよ。インターネットで調べたんだ。一四歳未満の子供は、罪を犯しても逮捕されないんだ。逮捕じゃなくて保護されるだけなんだ」

少年でも一四歳以上であれば「犯罪少年」と呼ばれ、警察の捜査を受ける。死刑がないなど多少の刑罰は軽減されるものの、検察官に送致され刑事処分されるのだ。しかし一四歳未満の子供の場合は、「触法少年」と呼ばれ刑罰は受けない。ちなみに神戸で起こった連続児童殺傷事件の影響で少年法が改正される前は、刑事処分の対象年齢は一六歳以上だった。

「ねえ、誰を殺そうか。ヒロユキなんかどうかな」

施設に入って以来、僕はずっとヒロユキと同室だった。

「なんでヒロユキなの。ヒロユキはバカだけど悪い奴じゃないよ。ヨシハルはヒロユキのことが嫌いなの？」

「好きとか嫌いとかは関係ないんだ。あいつはトロそうだから、簡単に殺せると思うんだ」

「そんな理由で人を殺すの？」

「そうだよ。犬や猫と同じように、生き物が死んでいくところを見たいんだ。犬や猫でも興奮するんだから、人間を殺したらきっと凄いことになる」

ヨシハルは動物を殺すことで性的な興奮を覚えるのかもしれないが、僕にはそんな性癖は全くなかった。

「どうして人を殺したいだなんて思うの？」

「母親に殴られ続けて育っただろ。あの時は小さかったから殴られるしかなかったけれど、今はナイフも手に入ったからね。本当はあの女を殺してやりたいけれど、それはさすがに無理だからね」

「ヨシハルはママのことが好きじゃないの？」

「好きなはずがないだろう。お前だってあんなひどい目に遭わされて、殺してやりたいと思うだろ」

ママの暴力に耐えてきたのはヨシハルだった。そしていつになっても帰ってこないママを待ち続けたのは僕だった。

「僕は今でもママが好きだから。殺したいなんて思ったことないよ。できることなら、もう一度ママに会いたい」

「お前、変わってるな。俺はお前のそういうところが理解できない」

僕にはそういうヨシハルが理解できなかった。

同じ体に宿る人格でも性格は全く違うらしい。もっともそんな正反対の性格だから、二重人格になってしまったのかもしれない。

「リョウタがむかつくから、リョウタを殺すのも悪くないな」

「高校生だから無理だよ」

リョウタもそのまま施設にいて、今では身長が一八〇センチもある大男になっていた。

「こっちにはこのナイフがあるからな」

ヨシハルは自慢のナイフを手に取って、ボタンを押して刃を飛び出させた。猫を殺していた頃のナイフより、刃渡りも長く確かに人でも殺せそうだった。

「でもやっぱり、殺すなら百合子かな」

「百合子先生を？」

「あいつは悪い女だよ。俺たちを油断させて、いつか酷い目に遭わせるはずだ」

百合子先生は、変わらず僕たちの担当のままだった。

「そうなのかなぁ」

最初は百合子先生が苦手だったけれど、最近は一緒にいるとなぜかドキドキするようになっていた。

「それにあいつはちょっとあの女に似ているからね」

百合子先生は、昔と同じように黒くて長い髪の持ち主だった。先生も僕らと同じように年を取り、ママが自殺した時ぐらいの年齢になっていた。

「だけど百合子先生はママじゃないよ」

「そんなことはわかっているよ。まあいいや、とにかく誰を殺すか決めようぜ」

「やっぱり人を殺すのは良くないよ」

なんとかヨシハルを止めなければと思っていた。一四歳未満の子供が罪にならないとしても、ヨシハルが人を殺してしまえば僕もただでは済まないはずだ。

「いっそ僕を殺してくれないかな」

「翔太を？」

「僕は小さい時からずっと、この世から消えたいと思っていたんだ」

## 三

### 俺

『東日本大震災から、五年の年月が過ぎようとしています。東北地方を中心に一二都道県で二万人を超える死者・行方不明者が発生したあの震災は、明治以降の日本の地震被害としては、関東大震災、明治三陸地震に次ぐ三番目の規模の人的被害となりました。まもなく地震が発生した午後二時四六分一八秒です。それでは皆さん、一分間の黙禱をお願いします』

被災者を悼んで黙禱する人々の映像がテレビで放映されていた。俺は大田区にあるマンションの一室でパソコンと格闘しながら、テレビから聞こえてくる音声だけを聞いていた。

Ｍのスマホの位置情報から住所を特定し、このマンションの場所を突き止めた。

意外なことにＭはごく平凡な賃貸マンションに住んでいた。

もしも本当にＭが仮想通貨の搾取事件に絡んでいたならば、どこかに莫大な資産があるはずだ。Ｍのパソコンを調べてみると、いくつかの仮想通貨の取引所やネットバンキングの履歴が残っていたが、そこにログインをして取引をするためのパスワードはわからなかった。

パスワードは自分が覚えられるものを使いまわすか、覚えられないほど複雑なものならばパソコンやスマホ内に保存しておくはずだ。パスワードを管理する専用アプリを利用することも考えられたが、Mのスマホとパソコンの中にはそんなものは存在していなかった。

どこかにヒントが隠されているはずだと思い、三日間もこの部屋でMのパソコンやスマホを調べたが見つけられなかった。リアルに紙にメモすることも考えられたので、机の引き出しの中や本棚、冷蔵庫、そして天井裏まで探してみたが、そんなものは見つからない。

しかし、押し入れの中から何枚かの運転免許証とパスポートを発見した。そのほとんどにMの写真が使われていたが、名前と住所は一つとして同じものはなかった。ちなみにこのマンションは、たくさんあった免許証の内の一つの名前で契約されていた。その名前で役所に住民票の請求をしてみたが、そんな名前の人物の登録はないと言われてしまった。

部屋に固定電話はなく、この三日間Mのスマホに電話は一本もかかってこなかった。ＬＩＮＥやメールは着信したが、ハッカーや怪しげな人脈の人物ばかりからだったので放置しておいた。

《正隆さん、昨日は楽しかった。また誘ってください》

《マー君、お仕事頑張ってください》

《正志、来月の誕生日プレゼントは何がいい？》

　その一方で複数の女性からもＬＩＮＥが着信していた。

女性とのプライベートなメッセージのやり取りでも、Ｍは偽名を使い分けている節があった。しかしすべてＭで始まる偽名を使っているところに、Ｍの本名のイニシャルがＭかもしれないと予想していた。

《また来年の夏もハワイに行こうね♡》

　そのメッセージが気になっていた。

池上聡子という女性からのＬＩＮＥだった。

　Ｍのスマホの写真データの中から、去年の夏のものをチェックする。すると確かに昨夏、Ｍはハワイに行っていて、その時撮影された長い黒髪の女性とのツーショット画像が残っていた。

　この黒髪の女性が池上聡子なのだろうか。

　他の女性とのツーショット画像もあったが、海外にまで行ったようなものは見当たらなかった。スマホの中の写真はこの女と一緒に写っているものが一番多く、彼女がMの本命のような気がした。

本当に海外に行ったとすれば、さすがにMでも偽造パスポートは使わなかったのではないだろうか。ダークウェブで大枚をはたけば、かなり精巧な偽造パスポートを手に入れることはできる。しかし万が一それが偽造だとばれれば、大変なことになってしまう。恋人とお遊びで海外旅行に行くだけならば、敢えてそんなリスクは冒さないのではないか。

Mの写真が貼られた名前の異なるパスポートも数冊発見した。その中から、去年の夏にアメリカの入国スタンプが押されているものが一つだけあった。

浦井（うらい）光治（みつはる）。

その名前のパスポートが本当にMのものだとすると、Mは俺よりも三歳年上ということになる。ちなみに本籍地と現住所は神奈川県秦野（はだの）市だった。

同じ名前の運転免許証も見つかった。

そこに書かれた住所も今住んでいる大田区ではなく、神奈川県秦野市だった。今、Mが眠っている丹沢の山は、秦野からそんなに遠いところではない。この免許証の住所に住んでいた時に、Mは死体の埋め場所としてあの山を見つけたのかもしれない。もしも秦野市役所でMの戸籍謄本が取得できれば、そこからパスワードに繋がる情報も入手できるかもしれない。

戸籍謄本は郵送でも請求することができたが、俺は半日かけて秦野市役所まで出掛けていった。

「代理人の方の本人確認書類はありますか？」

戸籍謄本は代理人でも請求できた。その場合、委任状と代理人の運転免許証やパスポートなどの本人確認書類が必要となる。しかし市役所の職員が、「浦井光治」と書かれた委任状のサインを筆跡鑑定するはずもなく、また代理人の俺の免許証が偽造であることを見破れるはずもなかった。

「お待たせしました」

秦野市役所の職員は、あっさり浦井光治の戸籍謄本を手渡してくれた。

そこに記載されていた誕生日はパスポートに書かれたものと同じだった。ちなみに浦井光治は一人っ子で、小学六年生の時に両親を同時に亡くしていた。

《先週末は会えなくて寂しかったよ。この週末は会えるかな？》

浦井のスマホにLINEが着信していた。一緒にハワイに行った聡子からのもので、俺はこのLINEに何と返信するべきか考えていた。

ハッカー仲間や仕事関係のLINEには、Mに成りすまして当たり障りのない返信をしていた。それはプライベートも同様で、女性たちには急遽（きゅうきょ）海外に出張することになったというLINEを送り、暫く会えないことを仄（ほの）めかした。

しかし聡子に対してはいつまでも誤魔化し続けるわけにはいかないだろう。浦井が本名まで明かしていたのならば、二人は恋人だったに違いない。恋人からの連絡が急に途絶えたら、当然警察に相談に行くだろう。

聡子に接触してみよう。

Mの口座のパスワードが、聡子の誕生日や電話番号である可能性もあるからだ。または二人の記念日や何かの思い出に、パスワードが紐づけられているかもしれない。

《ちょっとしたトラブルに巻き込まれて、暫くは会えません。LINEもそんなに送れないかもしれません。そこで聡子にお願いがあります。俺のパートナーでヨシハルという男がいます。ヨシハルはとても信頼できる人物なので、詳しいことはヨシハルに聞いてください。ヨシハルのLINEアカウントは以下の通りです》

僕

「実のなる木を書いてください」

睫毛が長くきれいな顔をした男の人が、僕の目の前に座っていた。

ぐるりと周囲を見回した。そこは見たこともない部屋で、窓から見える景色にも見覚えがなかった。

「ここはどこですか」

男の人は長い睫毛を瞬かせる。

「ここはどこですか？」

二回目の質問で、男の眉間に皺が寄った。

机の上には一枚の白紙の紙と一本の鉛筆が置かれていた。

「お兄さんは誰ですか？」

「君は冗談でも言っているのかな。だとしたら、あまり面白くはないね」

「冗談なんかじゃありません。教えてください。ここはどこで、そしてあなたは誰ですか？」

かなり長い間、僕は眠っていたような気がする。ヨシハルが僕を殺してくれたのかと思ったけれども、そんなことはできなかったようだ。

「君は本当にここがどこだか、私が誰だかわからないの？」

「わかりません」

「ここは少年鑑別所で、君は今精神鑑定を受けているところだ。そして私は君の鑑定を任された鑑定医だよ。名前は高柳というけれども、それも覚えていないのかな」

僕がずっと眠っていた間、ヨシハルは一体何をやらかしたのだろうか。

「覚えていません」

少年鑑別所というところが、悪いことをした子供が連れてこられるところであることはなんとなく知っていた。

「今日は何月何日ですか？」

高柳が教えてくれた日付は、最後に意識があった日から一週間も過ぎていた。

「一体ヨシハルは何をやったんですか」

「急に話し方も雰囲気も変わってしまったけど、一体どうしたんだい。ヨシハルというのは、一体誰のことなのかな」

高柳が長い睫毛を瞬かせる。

「多分、僕の代わりにさっきまであなたと話していた人物です。ヨシハルというのは、僕の体の中にいる僕とは違うもう一人の人格なんです」

「ちょっと待ってくれ。君は佐藤翔太君だよね」

「そうです。だけどさっきまであなたと話していたのは僕ではありません。僕とは別人格のヨシハルです」

「じゃあ、君は二重人格だって言うのか」

さすがに鑑定医をしているだけあって高柳は二重人格のことを知っているようだ

った。

「そういうことなんだと思います。それでヨシハルは、一体何をしたんですか？」

「君、いやそのヨシハルという人物は、今から一週間前に児童養護施設の君の担当の先生をナイフで刺した」

本当にヨシハルは人を殺そうとしてしまったのか。

「百合子先生はどうなったんですか。大丈夫だったんですか」

「出血多量で死んでしまった」

僕は思わず息を呑んだ。

「君は本当にそのことを覚えていないのかな」

「覚えていません。ずっと眠っていましたから」

高柳は大きく腕を組んで天を仰いだ。

「僕はこれからどうなるんでしょう。ヨシハルがやった事件のせいで、僕が刑務所に行かなきゃならないんでしょうか」

ヨシハル、どうして僕と代わったんだ。

心の中でそう訊ねても、ヨシハルの声は聞こえてこなかった。

人を殺す目的を達成して満足したヨシハルは、取り調べだとか面倒くさいことが嫌になって、引っ込んでしまったのかもしれない。

なんて勝手な奴なんだ。僕は心の中で悪態をついた。

「君は子供だから刑務所に行くことはないだろう。しかし何もかも今まで通りというわけにはいかないだろうな」

　なんでヨシハルのせいで、こんな目に遭わなければならないのか。高柳との会話が聞こえているはずなのに、ヨシハルが出てくる気配はなかった。

「二重人格の鑑定は、また改めてやらせてもらう。とにかく今は、そこにある紙に実のなる木を書いてみてくれないかな」

　高柳は机の上の紙を指さした。

「どうしてそんなことをしないといけないんですか？」

「これはね、バウムテストといって、君の描いた絵から君の性格を判断する心理学のテストなんだ。今後君の処遇をどうするかを判断するために、まずは君の性格を見極めないといけないからね。だからその紙に実のなる木を書いてくれないかな」

　白い紙をじっと見つめた。

　実のなる木といえばまずはリンゴだろう。

　しかしどんなリンゴの木の絵を描けばいいのか。暫く鉛筆を握り締めて考える。

　高柳が何も言わずにじっと見つめていたので、紙を手で隠しながら描き始めた。

　僕の描いたリンゴの木は大きく左右に分かれていて、右の枝には白いリンゴが、左の枝には黒いリンゴが実っていた。

「二重人格だっていうのは本当かもしれないね。できればヨシハル君にも同じ絵を描いてほしいんだけど、代わってもらうことはできるかな」

### 俺

赤坂(あかさか)のホテルの中の喫茶店で、ホットコーヒーを注文した。約束の時間までやることがなかったので、俺はスマホでニュースをチェックする。

熊本でマグニチュード七・三の地震があって、熊本城の石垣が崩れるなどの被害を出していた。その後余震も続いていて、ネットには地震に関する記事が多数見られた。しかし丹沢で死体が発見されたというニュースは見当たらない。過去に遡(さかのぼ)って調べてみても、丹沢はおろか日本国中でも地中から死体が発見されたというニュースはなかった。

宮本まゆを殺して埋めた直後は、すぐにでも死体が発見されてしまうのではと思っていた。しかしいくら優秀な日本の警察であっても、死体が発見されなければ犯人を捕まえることはできない。最近ではあの山に二人も死体を埋めたのが、夢だったような気さえしてきていた。

「ヨシハルさんですか?」

そんなことを思っていたので、黒髪の美人が近づいてきたことに気付けなかった。

「池上聡子さんですね」

すぐに立ち上がり軽く頭を下げる。

大きな目と透き通るような白い肌が印象的だった。そして長くて艶やかな黒髪に目が奪われる。Mのスマホの写真より実物の方が何倍も魅力的だった。

「わざわざお時間を割いていただいてありがとうございます」

聡子が大きく頭を下げると長い黒髪が大きく揺れる。

二人同時に腰掛けると、ウエイトレスがホットコーヒーをトレイに載せてやってきた。聡子はこの喫茶店を使い慣れているらしく、メニューを見ずにアイスオレンジティーをオーダーした。

「浦井さんには、仕事上本当に良くしてもらっています」

「そうなんですか」

トリートメントの匂いだろうか、上品なフローラルの香りが漂っていた。

聡子の年齢はいくつだろう。

見た目は二四、五歳だが、妙に落ち着いたところがあった。洋服や身に着けているものも高級そうで、ただのＯＬには見えなかった。

「聡子さんは、浦井さんと初めて会ったのはいつですか」

「一年前ぐらいです」

Ｍのスマホに聡子の写真が現れたのはちょうど今から一年前の春だった。その年の夏に二人はハワイに行っている。

「どこで知り合ったんですか？」

聡子はちょっと困ったような顔をした。

「光治さんは何か言っていませんでしたか」

「何も聞いていません」

「そうですか」

「失礼な質問だったら取り消します。ただ聡子さんみたいな素敵な人と、あの浦井さんがどこで知り合ったか気になってしまったので」

聡子はゆっくり首を左右に振りながら目を伏せる。

「実は私、少し前まで銀座（ぎんざ）のクラブで働いていたんです。そこで光治さんと知り合ったんです」

それでやっと合点がいった。

スマホには聡子の部屋で撮られた写真もあったが、浦井の部屋とは違いかなり高級そうなマンションだった。浦井は稼いだ金を聡子に貢いでいたのだろう。

「それで、光治さんに何があったんですか？」

聡子が銀座のクラブを辞めたのは、浦井の愛人になったからだろう。毎月のお手当もそれなりだっただろうから、浦井が忽然といなくなってしまうことは、聡子にとってはすぐに生活に困るほどの死活問題なはずだ。

「聡子さんは、浦井さんが何の仕事をしているかはご存じですか？」

「個人で会社を経営していると言っていました。プログラマーの会社だと聞いています」

浦井もさすがに、自分がハッカーだとは言わなかったのだろう。

「具体的にどんな仕事をやっているかとかは、ご存じないですか？」

「セキュリティー関係みたいなことは言っていましたが、詳しいことはよくわかりません」

ウエイトレスがアイスオレンジティーを運んできた。

「光治さんに何があったんですか？　トラブルがあったとLINEが来ましたけど、どうして私と会うことができないんですか」

小さな声でそう訊ねられた。

「あるクライアントの案件で億単位の損失を出してしまい、それで急に海外に行かなければならなくなったんだそうです」

嘘くさいとは思ったが、そんなシナリオしか考えられなかった。

「億単位ですか」

聡子が大きな目を丸くする。

「しかし浦井さんならば、億単位の損失でも絶対に取り返せない金額ではありません。浦井さんはプログラマーであると同時に、天才的なトレーダーでもありますから」

「トレーダー？　光治さんはそんなこともやっているんですか」

「そうです。しかし浦井さんは株や為替のトレーダーではありません」

「何のトレーダーなんですか」

「仮想通貨です。聡子さんは浦井さんから、仮想通貨のことを訊いたことはありませんか？」

浦井は本当に莫大な仮想通貨を持っていたのか。もしも持っていたとすればそれをどこに隠しているのか。

「さあ、そう言われれば仮想通貨の話を聞かされたことはありますが、トレーダーだというのは初耳です」

「浦井さんがどこの仮想通貨の口座を持っているとか、取引で儲けたとか損をしたとか言っていたことはありませんでしたか」

「光治さんはあまり仕事のことは話さないタイプなので」

仮想通貨の秘密を知っているかもと思ったが、あまり期待はできないようだ。

聡子は長い黒髪を右手で押さえて、頬をへこませてストローからアイスオレンジティーの褐色の液体を飲んだ。女性が髪を掻(か)き上げる仕草が好きな男性は多いが、目の前の聡子のそれはまるで女優のようだった。

「聡子さん。髪の毛が本当におきれいですね」

「ありがとうございます」

聡子はにっこり微笑んだ。

「お手入れとか大変なんじゃないですか。トリートメントとかは、何か特別なものを使っているんですか」

「髪には気を使っていますね。トリートメントは、美容院から薦められたものを使っています」

聡子は長い黒髪を摘(つ)まんで目をやった。

「ところで来月は聡子さんの誕生月ですよね」

スマホの中に、蠟燭(ろうそく)が刺さったケーキを前にした二人の一ヵ月前の写真があった。

「はい、そうですが」

「ちなみにお誕生日は何日ですか？」

「一五日です」

　これで聡子の誕生日が五月一五日であることがわかった。パスワードを割り出すためのヒントになるかもしれない。

「聡子さんのお誕生日までに、浦井さんが帰ってくるといいんですけどね」

「すいません。海外といいますけれど、光治さんは一体どこに行ったんですか？そしてそこは電話が通じないところなんですか」

　そう思うのは尤もだった。一昔前は大変だったが、今や世界中どこにいても携帯は繋がるはずだ。

「それはクライアントとの契約上、言えないことになっているんです」

　聡子は眉間に皺を寄せて首を傾げる。

「ご不審に思うのも無理はありません。敢えて聡子さんにはお話ししますが、実は浦井さんは今ドバイにいるんです。そこでアラブのお金持ちのために働いているのですが、不正防止のため自由にスマホが使えない環境にいるらしいです」

　そんな嘘を信じてくれるだろうか。ホットコーヒーを飲みながら聡子の表情を窺ったが、納得しているようには見えなかった。

「そういうわけで浦井さんから、海外出張中に聡子さんが困るようなことがあったら何かと面倒を見るように言われています」

聡子が少しだけ微笑んだ。

「聡子さんは、今は何かお仕事はされていますか？」

「今は光治さんにお世話になりっぱなしで、特に仕事をしていないんです」

「立ち入った話で恐縮ですが、聡子さんのマンションの家賃は浦井さんが払っているのですか？」

「そうです」

それならば、やはりどこかに浦井の隠し資産があるはずだ。

「ひょっとして、聡子さんのマンションに浦井さんが使っているパソコンがあったりはしませんか」

「あります。光治さんが私の家に来たときは、いつもそのパソコンを使っています」

僕

その後も高柳による鑑定の日々が続いた。

《罪を犯すことに何の抵抗もない》
《時と場合によっては、法律は守らなくてもいい》
《人が道で倒れていても、助けてあげる必要はない》
そんな項目が羅列された長いアンケートに答えたこともあった。
「こんなアンケートに意味があるんですか？」
僕は高柳にそう訊ねた。
「もちろんあるよ。おかげで私は、君がヨシハル君とは別人格であることに確信が持てたからね。君のテスト結果からは、百合子先生を傷つけてしまうような凶暴性がないことは明らかだ。だけどヨシハル君は全く違う。私は百合子先生を刺殺したのは、ヨシハル君だと確信しているよ」
高柳は僕の目を真っすぐに見てそう言った。
「二重人格の別人格が事件を起こしても、やっぱり僕が罪を償わなければならないのですか」
「その辺は非常に難しいところだね。二重人格の人が事件を起こした例は日本でもたくさんあるんだけど、本当にその別人格がやったと証明することが難しいんだよ。どんなに科学的な診断を繰り返しても、絶対に嘘を吐いていないという証明はできないからね」

被告人が二重人格であることを裁判所が認めても、どっちの人格が罪を犯したのかを証明することは難しい。

「君はお母さんから虐待を受けていたんだね」

「どうしてそのことを知っているんですか？」

僕からそのことを高柳に話したことは一度もなかった。

「ヨシハル君から聞いたからね」

高柳は時々ヨシハルとも話をしているようだった。ママに酷い暴力を受けていたのはヨシハルだったから、そのことを高柳に話したのだろう。

「それに二重人格、つまり解離性障害の患者の八〇％は、子供の時に虐待された経験があるからね。やっぱりお母さんの暴力は酷かったの」

「まあ、そうかもしれません」

「じゃあ、君もヨシハル君みたいにママのことは嫌いだったのかな」

「いいえ、僕はママのことが大好きでした」

俺

《今月の家賃と生活費として、聡子さんの口座に三〇万円を振り込みました》

浦井の部屋のベッドに寝そべりながら聡子にLINEを送った。

成りすましのLINEを入れて、聡子の部屋にあった浦井のパソコンをゲットした。ロック解除の暗証番号を突破すると、インターネットの「お気に入り」に浦井のネットバンキングのアドレスが登録されていた。

そして「暗証番号」「パスワード」「秘密」「アドレス」など、思いつくままの言葉でパソコン内を検索すると、浦井が忘れないように書き留めていた暗証番号の一覧表を発見した。

口座には数千万円の金があった。

仮想通貨こそ見つからなかったが、他にも浦井はネットバンキングや証券会社の口座をいくつか持っていて、合計で三千万円を超える株や金融資産が見つかった。

この金だけでも、暫くは遊んで暮らせるはずだ。

急に大金を手にすると大概の男がそうするように、俺も高級時計を腕に巻き高級ブランドの服に身を包んでキャバクラに出掛けた。

『お客さん凄ーい。もう一本ドンペリ開けてもいいですか?』

『来月私、誕生日なんです。プレゼントをおねだりしてもいいですか』

『私を愛人にしてください』

チップを振る舞い高い酒を頼めば、キャバクラ嬢には確かにモテた。今まで女性に縁遠かったこともあり、見たこともないような美人に囲まれるのは経験したことのない刺激だった。

《ヨシ君、今日は同伴してくれるかな》

《今月は私の誕生月なんだけど、お店に来てくれると嬉しいな》

グラビアアイドルのような女たちに心を奪われそうになったが、みんな俺の金が目当てなことはすぐにわかった。

《今月のノルマが達成できてないから、お店に来てくれたら特別にサービスしちゃうよ。ホントだよ》

中には一斉送信しているようなメールもあった。

ただ金があるだけでは駄目だった。俺には何が足りないのか考えた。

「ヨシハルさんは、お仕事は何をやっているんですか」

「医者だよ」

「凄ーい」

どうすればキャバクラ嬢から真の尊敬を得られるか。

「今日フライトから帰ったばかりで、時差ボケが治らないから飲みに来たんだ」

女の子の好きそうな職業に就いているという嘘を吐くと、俺を見る目が違ってくることがわかった。

「やっと公判が終わったと思ったから、今日はとことん飲むぞ」

「ペンネームで書いた小説の映画化が決まってね、今日は前祝いだ」

行く店ごとに人気の職業に成りすますと、別人のようにモテるようになった。さらにネットでその職業にまつわる情報を集めて、業界の裏話などを披露すると、誰も俺のことを疑わなくなった。そうやってキャバクラ嬢と男女関係になることもあったが、その子を好きになることはなかった。

嘘と金で女をだまして抱くことが目的だったので、キャバクラ遊びは釣りや狩猟と同じことだった。

だから一度釣った魚には、二度と餌はやらなかった。

《その後、光治さんから何か連絡はありませんか？》

相変わらず浦井の安否を気遣う聡子からＬＩＮＥが送られていた。

《僕の方には何もありません》

キャバクラの女たちに飽きると同時に、だんだん聡子に惹かれていく俺がいた。

少なくともあれほど見事な黒髪の女性は、どのキャバクラ店にもいなかった。聡子の浦井への気持ちが薄れた頃に、彼女と仲良くするのも悪くない。

『やっぱり、警察に捜索願を出した方がいいんじゃないでしょうか』

聡子から電話が掛かってくるたびに、そんな相談をされていた。

「大丈夫ですよ。浦井さんは元気にやっているみたいですよ。それに捜索願は今は名称が行方不明者届に替わっていて、よほど事件性がなければ、警察も動いてはくれませんよ」

『そちらには光治さんから連絡があるのですか？　私の方には、最近ＬＩＮＥも滞りがちなんですよ』

いくら聡子をなだめても、なぜか納得してくれなかった。

『光治さんは、日本で誰かに監禁されているんじゃないですか』

「どうしてそんな風に思うんですか」

『そう訊かれると困るんですが、そんな気がしてならないのです』

聡子は本当に警察に相談しそうな勢いだった。しょうがないので新たに成りすましのＬＩＮＥを送って、聡子を思いとどまらせなければならなかった。

《聡子。最近、連絡ができなくてごめん。今、ビッグプロジェクトが進行中で、寝る時間もないぐらい忙しいんだ。また余裕ができたら連絡するから》

## 僕

「動くなよ」

眉毛が太くていかつい顔の教官にそう言われ、僕は黙って鏡の中の顔を見た。バリカンが頭に当てられて、みるみるうちに髪の毛が刈られていく。丸坊主にされるのは生まれて初めての経験だった。

僕は家庭裁判所の決定で医療少年院に送られた。

当時少年院には一二歳から一六歳未満を収容する初等少年院、一六歳以上二〇歳未満を収容する中等少年院と、年齢に限らず犯罪傾向が進んだ少年たちのための特別少年院、そして心身に著しい故障のある少年たちを対象とした医療少年院があった。

僕は解離性障害、つまり二重人格の患者として、この医療機関付きの少年院に送られた。医療少年院には看護師もいて、半分病院としての機能も果たしている。しかし施設は高い塀に囲まれていて、部屋には二重の扉と頑丈な鍵が付いていた。

「気をつけ！」

僕は少年鑑別所と少年院の違いすらわからなかった。

どちらも自由を奪われて、札付きの不良少年たちと生活をしなければならないのは同じだが、少年鑑別所は未成年のための留置所兼取調室みたいなところだった。だから少年鑑別所に送られても、保護観察処分として娑婆(しゃば)に戻れるケースもあった。しかし殺人事件のような大きな罪を犯してしまうと、少年院に送られることは避けられない。

「食事は席に着いて食べること。食べ終わったら食器を戻してから黙想。もちろん私語は一切禁止。お茶は茶碗に一杯だけでおかわりはできない」

主食は麦七、白米三の比率だった。食事は不味(まず)くはなかったけれど、量が多く残すことは許されない。僕は食が細かったので、毎日残さず食べさせられるのがまるで拷問のように感じた。

全国の少年院はどこでも男女別々だったが、医療少年院だけは数が少ないので男女が同じ施設内に収容されていた。だから食事の時には同世代の女生徒も一緒だった。

「佐藤、よそ見をするな」

しかし女生徒と話をするどころか、まともに見ることすら禁止されていた。

俺

浦井の部屋でビールを飲みながら寛いでいると、スマホに電話が着信した。ディスプレイには聡子の名前が表示されていた。

『やっぱり私、警察に相談します』

電話を取ると、開口一番にそう言われた。

生活費は俺が代わりに振り込んでいたので、聡子は金の心配をする必要はなかったが、いつまでも日本に帰ってこない浦井のことを相当不審に思っていた。

「ちょっと待ってください。浦井さんは海外にいますから、日本の警察に相談しても無駄ですよ」

『本当に光治さんは、海外に行っているのですか？』

「もちろんです」

『私にはそうは思えないんです。海外にいるのなら、写真の一枚でも送ってくるはずじゃないですか。それに確かにＬＩＮＥの文面は似ているんですけど、選ぶ絵文字や文章の雰囲気がどことなく違うんです。誰か他の人が打っているような気がしてなりません』

さすがに俺も、そこまで細かく成りすましのメッセージを作ってはいなかった。

『ヨシハルさんはそんな風に感じたことはありませんか』

浦井を殺してから既に三ヵ月近くが過ぎていたが、聡子は浦井が戻ってくるのを一日千秋の思いで待っていた。

「僕はそんな風に感じたことはありませんけどね」

聡子は勘の鋭い女だった。

下手な小細工をすると見破られてしまうかもしれない。そう思うと、ますます成りすましのＬＩＮＥの文面が作れなくなった。

《光治さん、どうして返事をくれないのですか？》

徐々に聡子への成りすましのメッセージを減らし、フェードアウトするつもりだった。

《お願いです。短くていいですから、返事を下さい》

《返信ができない理由を教えてください》

聡子は執拗にＬＩＮＥを送ってくる。

《返信をくれないのならば、警察に相談しようと思っています》

警察が本気で調べれば、俺が浦井の口座の金を使っていることがばれてしまうかもしれない。

《実はこっちで好きな女性ができてしまったんだ。もう聡子には関われないから、俺のことは忘れてくれ》

しょうがないので、そんなＬＩＮＥを送ってみた。

いくらなんでも他に好きな女ができたと言われてしまえば、諦めてくれるのではないかと思っていた。

《あなたは光治さんじゃないですね。やっぱり私、警察に行きます》

## 僕

「君は解離性障害ということでこの医療少年院に送られてきたが、それは口から出まかせなんじゃないのか」

医療少年院の矯正医官の浜原（はまはら）は、疑い深い性格だった。

「そんなことはありません」

小さな総合病院のようなこの医療少年院には、薬物中毒の依存症を克服するためや、妊娠をしてお腹の子供を堕胎するために入院している生徒もいた。

たちだった。

「どうかな。俺には君が嘘を吐いているようにしか見えないな」

特に多いのは精神疾患で、知的障害、統合失調症、発達障害などのある少年少女たちだった。

しかし、解離性障害と診断されたのは僕だけだったかもしれない。

「本当です。僕の中には、ヨシハルという別人格がいるんです。百合子先生を刺したのはそのヨシハルです」

解離性障害と診断された僕の治療は、週に二回浜原のカウンセリングを受けることだった。白衣姿で肩から聴診器をぶら下げた浜原の診察室に、腰ひもと手錠を着けられて連れてこられた。

「そうは言うけどさ、ここに来てから君の別人格であるヨシハルは一度も現れていないじゃないか」

僕を連れてきた教官は、腰ひもを浜原のデスクの足に括りつけ、両手の手錠は外してくれなかった。

「きっと怒られるのが嫌で、外に出てこないんだと思います」

「君の別人格がそう言ったのか」

「違います。多分、そういうことなんじゃないかと僕が思っているだけです」

浜原は白髪が混じった頭を掻いた。銀縁のメガネの奥に見える目は濁っていて、蛇の目を連想させた。

「一番最近、別人格が現れたのはいつなんだ」

「鑑別所で心理テストを受けた時です」

浜原は手元のカルテに何かを書き込むと、軽くため息を吐いた。

「別人格は君と話すことはできるんだよな」

「できます」

「じゃあどうして最近、話し掛けてこないんだ」

「わかりません」

浜原は大きく腕を組んで僕を見る。

「もう君は完治しているんじゃないのか」

「多重人格って治るんですか？」

「強い心を持てば多重人格はすぐにでも治る。つらい現実から逃げようとする弱い心が多重人格を作り出しているだけだからな。多重人格だと言い張っている連中が、ただの虚言癖だったたっていうことはよくある話だ」

「嘘ではありません」

手錠がかかった両掌を結び、祈るように僕は言った。

「まあ、そう言われてしまえばしょうがない。すべては君の中で起こっていることだからな。暫く様子を見てみるか」

俺

「ごめんなさい、なんか眠くなっちゃって」

警察に行こうとする聡子を喫茶店に呼び出して、飲み物の中に睡眠薬を入れた。眠ったところをタクシーに乗せて、今では自分が住むようになった浦井のマンションに運び込んだ。

睡眠薬の効果は抜群で、タクシーを降りて肩を抱いて部屋まで移動したが、聡子は一度も目を覚まさなかった。聡子の穿いていた花柄のフレアスカートはいつの間にか捲(まく)りあがってしまい、二本の形のいい脚が無防備に晒(さら)されていた。同じ女性の脚なのに、宮本まゆのものとは全然違った。まゆの脚は大根のようだったが、聡子のそれは俊敏な動物を連想させた。

その白くてきれいな脚を眺めていたら、無意識の内に太ももに手が伸びていた。指先でその感触を楽しんでいると、聡子が小さな声を上げて意識を取り戻しそうだったので、慌てて手を引きスカートを戻した。

「ヨシハルさん。どうして私はここにいるの。ここは光治さんのマンションだよね」

寝ぼけ眼でそう訊ねられた。

「そうです。浦井がドバイに行っている間、僕が使わせてもらっていました。だけど今日は聡子さんに、浦井の本当の姿を知ってもらいたかったんです」

敢えて浦井と呼び捨てにした。

「浦井にはあなたの知らない裏の顔がありました。あいつはセキュリティー会社の社長なんかじゃありません。ネット上で詐欺や脅迫を繰り返す凶悪な犯罪者だったのです。あいつが騙し取った金額は百万や二百万じゃありません。さらに仮想通貨の流失事件で数億円を騙し取ったという噂もあるんです」

表情を変えることもなく聡子は俺の説明に聞き入っていた。

「警察も関与できないネットのダークウェブという世界には、世界中の犯罪者たちが違法な商品をやり取りするマーケットがあります。浦井はそこでランサムウェアという企業を脅迫するウィルスを手に入れて、色々な企業から身代金を手に入れたりしてきたんです」

「証拠はあるの？」

浦井のパソコンを調べた時に、今まで浦井がやってきた犯罪のスケールの大きさに驚いた。浦井が犯罪の指示をしているメールの履歴を聡子に見せた。

「あなたに月々支払われていた金も、浦井がこうやって犯罪で稼いだ金だったんです。何より俺が浦井の手伝いをさせられていたのだから、俺自身が確かな証人です。聡子さんはもうこれ以上、浦井とは関わらない方がいいと思います」

聡子は床に横たわったまま暫く何かを考えていた。

「あなたが言いたいことはわかった。それで光治さんは、今どこにいるの」

「だから今は、ドバイにいます」

聡子は座ったままで俺の顔をじっと見た。

「それは嘘よね。だって光治さんのスマホはずっと日本にあるのだから」

聡子はさらりと言い放った。

「ど、どうして、そんなことがわかるんですか」

「昔、光治さんの浮気がばれたことがあるの。すぐに別れようとしたんだけど、光治さんはどうしても別れたくないって言ったのよ」

「それで聡子さんはどうしたんですか」

「スマホの位置情報をいつも私にわかるようにしてくれたら、別れないであげるって言ったのよ。そうすれば二度と浮気はできないと思ったから」

浦井を始末して以来、スマホはずっとこの部屋にあった。

「光治さんがいなくなってからも、スマホはずっと日本にあった。だから光治さんは海外に行っていないと思ったの。そうでなければ、誰かが光治さんに成りすまして、スマホを操作しているって思ったの」

聡子にそんな約束をさせられているとは思ってもいなかった。伝説のハッカーも、惚れた女には敵わなかったということか。

「この部屋には光治さんはいないようだけど。ねえ、光治さんはどこにいるの？」

聡子の大きな瞳がきらりと光った。

「それとも、もうこの世にはいないのかしら」

すぐに否定をすればよかったのだが、俺は答えに窮してしまい、その沈黙が聡子への回答になってしまった。

「殺したのは、あなたね」

## 僕

僕が入れられた部屋は三号室で、この階には廊下を挟んで左右に五つずつ六畳ぐらいの鉄格子の部屋があった。一〇部屋の中で人がいるのが六部屋で、こんなところにも少子化の影響が表れていた。

「今日はロールレタリングをやるぞ」

パンチパーマの教官が、部屋の前で怒鳴った。

「ロールレタリングというのは自分が手紙を書くのではなくて、相手の気持ちになって手紙を書くことだ。被害者やその家族、お世話になった学校の先生、または自分の親や兄弟になったつもりで、今少年院にいる自分に宛てて手紙を書くんだ」

少年院では、手紙や作文をこれでもかというぐらい書かせられた。少し文才のある奴だったら、下手な大学生よりも立派な文章を書けるはずだ。

「今日は最初だから、一番書きやすいお前たちの両親になったつもりで、自分宛てに手紙を書いてみろ」

パンチパーマはそう言うが、僕にはそれが一番難しい。

「母親は自殺してしまいましたし、父親は顔も名前も知りません。僕はどうすればいいでしょうか」

僕は正直にそう訊ねた。

「佐藤、そこは想像力だ。イマジネーションを働かせろ。お前の母親があの世にいて、そこからお前を見守っている。そして今のお前を見てどう思い、そして今後どうなってほしいと思っているか。すべてを母親になったつもりで想像してみろ」

今の僕を見て天国のママはどう思うだろうか。

そもそもネグレクトをしていたのだから、少年院にいる今の僕にも関心がないはずだ。だからこれからも、勝手に生きろと思っているに決まっている。

しかしそんな手紙を書いてしまえば、パンチパーマに怒られるのは目に見えていた。

《ママは、今天国で静かに暮らしています。あの時はわけもわからず、あなたを残して自殺してしまいましたが、あなたのことは一度も忘れたことはありません。これからはやってしまった罪を反省して、先生の言うことを聞いて立派な大人に更生してください。ママは今でも翔太のことを、天国から見守っています》

模範解答のような手紙を書いて、パンチパーマに手渡した。

「確かに自殺する前はそうだったかもしれない。じゃあ、お前の母親はなんで自殺をしたんだと思う」

そんなことは考えたこともない。どうしてママは、僕を置いて死を選んだのだろうか。

「俺はよく知らないが、お前の母親にはきっとやむにやまれぬ理由があったんじゃないのか。だけど死んでしまえば、そんな母親の悩みもなくなってしまう。そうなればあの世から、もっと客観的にお前のことを見ているはずだ。そんな設定でもう一度手紙を書いてみろ」

設定という言葉で腑に落ちた。

死んだ母親が僕に手紙を書くはずがない。むしろこの作業は、自分の今の状態から逆算して、教官が喜ぶ手紙を書くゲームなのだ。

どうせならば、パンチパーマが泣いて喜ぶような感動的な手紙を書きたくなった。そのためには、どんな設定にすればいいのか。

母親は一人で悩み、孤独の中で最後は死を選んだ。

しかし今なら、僕に酷い仕打ちをしてしまったこと、そして幼い僕を残して死んでしまったことを本当に後悔しているはずだ。本当は優しい母親でありたかっただろうし、そんな瞬間もあったはずだ。

実際、ママはいつも怒ってばかりいたわけではなかった。

最後は確かにおかしくなってしまったけれども、優しく頭を撫(な)でてもらったこともある。大好きな絵本を読んでくれたこともある。二人でママの手料理を食べて、「おいしいね」って笑いあったこともある。

ママの膝枕に頭を乗せて、耳掃除をしてもらったことも思い出した。

《ママは、今天国で静かに暮らしています。ママはあなたを生んだ時から心の病を患っていました。だからあなたに酷い目を遭わせてしまい、今では本当に反省しています。だけどあれは決してあなたが憎かったからではなくて、本当に病気だった

のです》
　ママは明らかに精神的に病んでいた。夫も頼るべき親戚もいなかったのだから、追い詰められてしまったのも無理はなかった。今思えば、ママも誰かの犠牲者だったのかもしれない。
《翔太を残して自殺してしまったことを、今では本当に悔やんでいます。あなたは私のために本当に頑張ってくれました。まだ小学三年生だったのに、掃除も洗濯もよくやってくれたし、燃えるゴミと燃えないゴミをきちんと分けて、ゴミの日にきちんとゴミを出すこともできました。お行儀よくお家の中でママの帰りを待っていてくれていました。きちんと買い物もすることができたから、ママは本当に助かりました。本当にありがとう。翔太はママの誇りです。自慢の一人息子です》
　当時僕は本当に頑張った。こんな風にママに言ってもらえたら、どんなに嬉しかったことだろう。
《翔太は少しも悪くないのです。今では翔太にあんな酷いことをしてしまったことを本当に悔やんでいます。ごめんなさい。本当にごめんなさい。でもいくら謝っても許してもらえないことはわかっています》
　ママにこう書いてほしいと思っている内容を書き連ねた。自分で書くのだから、何でも都合の良い様に好きに書くことができた。

《ママがあなたにしてしまったことが、結果的にあなたを犯罪に走らせてしまいました。あなたはとても優しい子です。でもあなたの中に、違う邪悪なものを棲みつかせてしまった。しかしそれも決してあなたが悪いわけではないのです。そもそもは私に責任がありました。しかしあの時のママにも特別な事情があったのです。詳しくは言いませんが、ママも苦しかったんです。弱かったママは、一人で死を選んでしまいました》

自分でも思っていなかった気付きがたくさんあった。ヨシハルという化け物は僕が作ったわけではなく、そしてそれを生み出してしまったママにも、それなりの事情があったのだ。

《でももうそのことを、とやかく言うのはやめましょう。過去のことは忘れて、これからは未来のことを考えましょう。翔太、だからあなたはやってしまった罪を反省して、先生の言うことを聞いて立派な大人に更生してください。そして心の中の悪い自分とは決別してください。それが今のママの最大の望みです。ママはいつでも、翔太のことを天国から見守っています》

優しかった時のママを想像して手紙を書いた。

あのママが今は天国から僕を見守ってくれている。すると不思議なことにそれは僕が書いた嘘の手紙ではあるけれど、本当にママからの手紙のように感じてしまい、それを読み直すたびに僕は何度も泣いてしまった。もしも天国のママからこんな手紙が来たならば、ここでの苦しい生活も耐えられるのではと思えてしまうほどだった。

パンチパーマもその手紙を絶賛した。

「お前はお前で大変だったんだな。お前は母親の死を乗り越えて、立派な大人になって幸せになるんだぞ」

パンチパーマの目が赤く充血していた。

「何か困ったことがあったら俺に相談しろよ」

それ以来パンチパーマの僕を見る目がガラリと変わったような気がした。

実際その日以降、厳しかったパンチパーマが、少しだけ僕に優しくなったような気がしていた。

ロールレタリングを書いてみて、まさに目から鱗（うろこ）が落ちる思いだった。

ロールレタリングのロールは、ロールプレイングゲームのロール、つまり役割という意味だ。

世の中の人間は、すべて与えられた役割の中で生きている。

母親と子供、生徒と教官、犯罪者と警察、すべてがゲームの中の登場人物のように、その設定された役割を演じることを期待される。

そうすれば、とりあえずうまく生きていくことができるのだ。

# 俺

聡子の部屋とスマホを徹底的に調べたが、浦井の仮想通貨の手掛かりになりそうなものは見つからなかった。浦井が聡子にも仮想通貨の秘密を明かさなかったのか、それとも浦井が仮想通貨を搾取したという話自体が、ネット上のただの噂に過ぎなかったのか。聡子も浦井も同じ山で眠っている今では、もはや確かめようがなかった。

相変わらず丹沢で死体が見つかったというニュースは流れていない。あんな山奥で、しかも地中深く埋めた死体が発見される可能性は、とても低いのではと考えるようになっていた。

むしろ殺した三人の行方不明者届が出されないように気をつけた。

聡子と浦井そして宮本まゆのスマホを常にチェックして、騒ぎ立てる人物がいないかをチェックしていた。

浦井は一流のハッカーだったので、自分の個人情報は社会からほとんど消し去っていた。ダークウェブ上からMがいなくなったので、殺されたのではという書き込みも見られたが、あくまで噂話で核心を突いた書き込みはなかった。

むしろ心配だったのは聡子だった。

銀座のホステスだったので、昔の客らしき男から時々連絡が入った。さらに聡子は、以前池袋のデリヘル店に勤めていたことがあったようで、その店の店長から頻繁にＬＩＮＥが着信していた。

《北海道の母親の調子が悪く帰省しなければならなくなったので、暫く会うことができません。何かありましたら、またこちらからご連絡します》

男たちには、そんなメッセージを返信した。

こうやって三人の携帯を監視していれば、行方不明者届を出されることはないだろう。そして丹沢の山から死体が発見されなければ、俺は絶対に捕まらない。

しかし、どうしても警戒しなければならないことが一つだけあった。

翔太はまゆが働いていたデリヘル店の従業員とトラブルになって、店を出禁にされた。店では本名こそ名乗っていないが、翔太の自宅の住所や携帯番号がブラックリストとして店にずっと残されているはずだ。

そして警察には、少年院にいた時に取られた佐藤翔太の個人データが残っている。それには指紋や顔写真も含まれる。つまりどこかで俺の指紋が採取されたら、警察のデータベースで照合されて佐藤翔太の仕業であることがわかってしまう。

僕

「今日はお前たちに手紙を書いてもらう。お前たちのせいで不幸になってしまった被害者に宛ててだ。わかったな」

パンチパーマの怒声に続いて、生徒たちの「はい」という返事が房内に轟いた。

「じゃあ、便せんを配るぞ」

少年院は罪を償う刑務所とは違い、更生と教育をする機関なので罪を反省することを徹底的に強いられる。手紙や作文を大量に書かされるのも、少年たちに反省を促すためだった。

被害者である百合子先生のことを思い出した。

《百合子先生。本当に申し訳ありません。初めて施設にやってきた時、先生は僕にとても親切にしてくださいました。だけど僕は人に優しくされたことがなかったから、先生の優しさにどう接していいのかわからなかったんです》

今となれば、あの時の自分の行動にも説明がついた。あの時の僕は、生きていくだけで精一杯だったのだ。

《僕は母からの虐待とネグレクトの中で育ちました。母親から愛情を受けた記憶が一切ありません。だからその過剰な防衛本能が、最終的に先生の命を奪ってしまったのかもしれません》

　嘘だ。

　僕は紙をくしゃくしゃに丸めてしまった。

「こら、紙を無駄にするな。消しゴムで消して書き直せ」

　すかさずパンチパーマに怒られた。

「すいません」

　丸めた紙を広げてそれに消しゴムを掛けながら、何と書くべきかもう一度考える。

《百合子先生。僕は解離性障害という病気で、先生を殺してしまったのは僕ではなく、僕のもう一人の人格のヨシハルなんです。ヨシハルは小学生の頃から昆虫やカエル、そして猫や犬を殺してきて、とうとう人間を殺したくなってしまったんです。僕は何度もやめるように言ったのですが、最後には僕の言うことを聞かなくなって遂に先生を殺してしまいました》

　正直に二重人格のことを書いた方が真実に近い手紙になった。しかし一方的に別人格のヨシハルのせいにしてしまっては、反省の色が見られないとパンチパーマに怒られてしまうかもしれない。

《だけど僕にも責任はあります》

罪を犯したのはヨシハルだとしても、僕にも反省すべきことがあったのではないか。あの時僕はヨシハルに自分を殺してほしいと頼んでしまった。現実から逃げようとした僕の弱い気持ちが、結局百合子先生の命を奪ってしまった。

《多重人格は主人格の意思が強ければ副人格は現れないと、矯正医官の先生から聞いたことがあります。あの時僕は死にたくてしょうがなくて、ヨシハルに殺してほしいとお願いしていました。そんな僕の弱い心がヨシハルを暴走させてしまい、先生の命を奪ってしまったのだと思います。先生、本当にごめんなさい。ヨシハルに代わって謝ります。そしてこれから僕は意思を強く持って、心の中からヨシハルを追い出すことを誓います》

俺

俺は自分を殺すことを思いついた。

「東日本大震災で津波に呑まれた可能性が高い場合は、こちらで死亡届を受理してくれると聞いたのですが」

役所の戸籍課に出掛けて、窓口の女性にそう訊ねた。

「はい。特例としてあの地震での被害者の方は、民法上の失踪宣告の手続きを経ずに、市区町村が死亡届を受理することができます」

死亡届は医師の診断書などが必要だったが、津波に呑まれて死体が発見されない場合は、明確に死亡したと判断することができなかった。しかしそれでは遺産相続や生命保険の支払いなどが進められず遺族が困ってしまう。

「実は五年前のあの時に、私は同居していた友人と一緒に東北を旅行していたのです。津波が押し寄せてきた時に私は何とか逃げ切ったのですが、友人は怪我をしていたせいではぐれてしまって、その後連絡がつかないんです」

窓口の女性は何も言わずに頷いた。

「実際に津波に呑まれたところを見たわけではないので、今までずっと躊躇（ためら）っていたんですが、携帯は一度も繋がらないし、何しろ自宅に本人が戻ってこないんです。こんな場合、死亡届を受理してもらうことはできますか」

船の沈没や飛行機の墜落事故などに遭った場合、遺体が発見されなくとも一年間生きていることがわからなければ、失踪宣告が認められ死亡したものとみなされる。東日本大震災の行方不明者にも戸籍法を特例的に活用し、震災時の状況や経緯の書類を添付すれば死亡届が受理されるようになった。

「大丈夫です。こちらの書類にその時の状況を記入してください」

その書類には、『平成23年3月11日発生した東日本大震災において被災し、既に死亡していることは間違いないと思われ、本人の死亡届を受理していただきたく、以下のとおり申述いたします』と書かれていた。

死亡した本人の欄に佐藤翔太の名前と住所などを書き、さらに佐藤翔太の遺体が発見されていないこと、その後一度も姿を現していないこと、そして銀行口座の残高が減っていないことを書き込んだ。そして「申述人」と書かれた欄に「浦井光治」と書き込んで、窓口の女性に提出した。

「浦井光治さんご本人ですよね」

女性は書類に目を通した後に、俺の顔を見ながらそう訊ねた。

「はい、そうです」

「身分が証明できるものはお持ちですか」

「免許証でもいいですか」

「もちろんです」

俺は自分の写真が載っている「浦井光治」の偽造免許証を差し出した。

　　僕

「これから僕は意思を強く持って、心の中からヨシハルを追い出すことを誓います」

診察の時間、いつものように診察室に連れてこられたら、開口一番に浜原がそう言った。浜原のところに手紙が渡ったようで、手紙の最後の一行を読みあげた後に浜原の口角が上がった。

「いい手紙だが、お前、本当にこんなことを思っているのか」

「思っています」

パンチパーマの歓心を買うために書いた文章だったが、あながち全部が嘘というわけでもなかった。

浜原は俺の顔をじっと見る。

「その後、ヨシハルは出てきたのか」

「いいえ」

「まあいいや。とりあえず座れ」

緑の丸椅子に僕が座ると、教官が腰ひもをデスクの足に括りつけた。

「どうしてお前の別人格は出てこないんだ」

「わかりません」

そう答えるしかなかった。

「お前としてはどうなんだ。別人格に出てきてほしいと思っているのか。それともこの手紙にあるように、別人格を追い出そうとしているのか」

正直そんなことは今まで考えもしなかった。

「ヨシハルが出てくればまた何かの事件を起こすでしょうが、もうトラブルは懲り懲りだと思っています。だからいなくなってくればいいと思っています」

浜原は顔を上げて、僕の顔をまじまじと見た。

「おめでとう。君の解離性障害は完治した」

「本当ですか」

「別人格が一ヵ月以上も出てこないのだから、完治したとしか言えないだろう」

浜原は机に向かって書類に何かを書き込んだ。

「だけど俺は、お前は完治したのではなくて未病だったと思っている」

「未病ってなんですか」

「病気未満。つまり最初から解離性障害なんかじゃなかったってことさ」

「僕が嘘を吐いていたってことですか」

「違うのか？」

浜原の左側の口角が上がり白い歯がちらりと見えた。

「違います。ヨシハルは確かにいました。そしてそのヨシハルが百合子先生を殺したんです」

「まあ、この際そのことは不問にしよう。とにかく今の君は健康的には何の問題もない」

「大丈夫ですか。また何かがきっかけで、ヨシハルが現れて凶暴な事件を起こしたりしませんかね」

「それは全てお前次第だ。ここにも書いてあるだろう。これから僕は意思を強く持って、心の中からヨシハルを追い出すことを誓います。この手紙の文章が真実ならば、そんなことにはならないだろう」

浜原は手紙を僕の目の前にぶら下げて左右に振った。

「君はこの医療少年院から退院する。退院おめでとう」

浜原が手を差し出してきたので、手錠を嵌(は)められたままの右手で握手をした。

「そして君は、特別少年院に送られる」

# 四　僕

特別少年院に送られた少年たちはいきなり集団指導を受けるのではなく、個別の訓練を受けてその少年院に慣れさせられる。僕の他にも三人の新入りがいて、青白い坊主頭に紺色の作業着を着た僕たちはグラウンドに集められた。

「今日から、集団行動訓練が始まる。少年院での生活は集団行動が大原則だ。他の院生たちに迷惑を掛けないように、徹底的に訓練するから覚悟しておけ」

スキンヘッドの教官の後について施設の中庭に移動すると、そこには一〇〇人近いこの少年院の在校生が整列していた。

「これから朝礼を行う。それでは院長先生お願いします」

黒縁のメガネをかけた柔和な顔をしたおじさんがマイクの前に立ち、普通の学校の朝礼と変わらない退屈な話をした。僕たち新入りは生あくびを嚙み殺しつまらなそうに聞いていたが、在校生たちの目つきは鋭かった。

「ラジオ体操準備」

教官の掛け声を合図に、ラジオ体操が始まった。

在校生たちはざっという音を立てて体操ができる間隔に一瞬にして広がり、きれいな等間隔のスペースを作った。

そしておなじみのピアノの伴奏がスピーカーから流れだした。

『のびのびと背伸びの運動から』

在校生たちは体操が始まると、一糸乱れぬ動作でラジオ体操を演舞のようにしはじめた。

『力まない程度、軽く手を握って』

手を上げる角度、握りこぶしの作り具合、膝の曲げ具合、そして動き出すタイミング、全てがきれいに揃っていてまるで北朝鮮(きたちょうせん)のマスゲームを見ているようだった。僕たち新入生も同じように体を動かしているけれども、一人ひとりがバラバラで在校生たちとは比較にならない。

こんな集団に入っていけるのだろうか。

その心配はすぐに現実のものとなった。

ラジオ体操が終わると、在校生たちは駆け足で校舎内に戻っていった。残された僕たち四人はスキンヘッドの教官の下、ラジオ体操の練習を何度もやらされた。

今まで何十回もやってきたラジオ体操だったけれども、手の先までピンと伸ばし足腰を規則正しく収縮させたことはなく、あっという間に息が上がった。

「指先を伸ばせ」

「肘が曲がってる」

スキンヘッドが、持っていた竹刀を地面に叩きつける。ちょっと指先が曲がっただけでも、心臓が震えるぐらい怒られた。

「よーし、それでは新入生全員集合！　一列に並べ」

ラジオ体操で圧倒された僕たちは、無駄口一つ叩かず一列に並んだ。この時も指先をまっすぐにして手を脚の脇に伸ばし、まっすぐに前を見る。よそ見をするということがここでは「集中力の欠如」と評価され、進級の妨げになりいつになってもここを退院できなくなってしまう。

ちなみに少年院は入った時は全員「二級下」で、真面目に生活していけば、「二級上」「一級下」「一級上」と進級していく。そして「一級上」になると髪の毛を伸ばすことも許されて、真面目にやっていれば晴れて仮退院ということになる。仮とついているのは娑婆に出ても暫くは保護観察が付き、何か問題を起こすとまた少年院に連れ戻されてしまうからだった。

独房に送られるような重大な規律違反を起こすと進級できない。だから娑婆ではやりたい放題だった不良少年たちも、ここではどうしようもない。また級によってバッジの色が、赤、黄、緑、ピンクと変わっていく。一目瞭然でわかるこのバッジの効果は絶大で、一日も早くここから出たいと思っている少年たちは、バッジの色が変わることを夢に見ながら過酷な毎日に耐えていた。

「これからランニングをする。全員俺に遅れないように、掛け声を揃えてついてこい」

午後からは、「体力向上訓練」が始まった。

まずは一周三〇〇メートルのグラウンドを、僕たち四人はひたすら走らされた。

「イチ、ニ、サン、シ」

スキンヘッドの教官を先頭に、生徒たちは掛け声を揃えてグラウンドを回っていく。医療少年院でも運動の時間があってきつかったが、それでも医療少年院だけあって多少手心を加えてくれていた。しかしここは、札付きの不良少年たちが集められている特別少年院だ。

「遅れるな！」

すぐに息が上がり足が鉛のように重くなる。一〇周も走れば終わると思っていたけど甘かった。二〇周、三〇周しても終わる気配はなく、途中で数えるのを止めてしまった。

「イチ、ニ、サン、シ」

一緒に走っている連中も同じようで、みんな目配せをして早く終わってくれることを祈っていた。汗が吹き出し僕は目がくらくらとしてきたが、中年なのに指導教官は涼しい顔をしていた。

「イチ、ニ、サン、シ」

やがて僕は隊列に付いていけなくなった。

「翔太。しっかりしろ！」

教官に怒られるのは怖かったけれども、列との距離は開くばかりでどう頑張っても追いつけない。

「しょうがないな。よしあと三周で勘弁してやるから、ペースを上げろ」

汗だくでゴールインした時には過呼吸で息ができなくなった。そして気持ちが悪くなり朝食の麦飯とみそ汁を吐いてしまった。

「こら翔太。いつまで休んでいるつもりだ。吐くもの吐いたらもう出てこないんだから大丈夫だ。次は腹筋をやるぞ」

五〇回を三セットの腹筋をやった後に、さらにスクワットと縄とび、そしてバーピーという、しゃがむ、腕立て伏せ、跳ぶという反復運動を延々とやらされた。

「よーし、最後は腕立て伏せだ。全員、一列に並べ」

肩で息をしているのは僕だけでなく、白い体操着を着た四人の坊主頭の少年たちは、この世の終わりのような目をして教官を見た。

「イーチ、ニー、サーン」

スキンヘッドの教官の大きな声とともに腕立て伏せが始まった。

一〇回にもならないうちに、僕の体は地面から上がらなくなったけれども、他の生徒たちは筋トレに慣れているのか教官の声に合わせて体を上下させる。

オタクっぽい生徒は僕だけで、他はいかにも不良少年といった目つきの悪い連中ばかりだった。しかし私語は一切禁止なので、元不良少年たちが僕のことをどう思っているのかはわからない。その中の一人のミツルと呼ばれた少年は身長が一八〇センチぐらいあり、平気な顔をして腕立て伏せを続けていた。

「翔太、もうギブアップか。俺も付き合ってやるから、もう一度最初からやり直しだ」

意外だったのはスキンヘッドの教官が、僕に付き合って腕立て伏せをやってくれたことだった。しかし相手は中年とはいえ毎日この運動をやっている猛者だ。腕の筋肉も隆々としていて、同じペースで僕が腕立て伏せをできるはずがなかった。

「よし、じゃあミツル四〇まで数えろ」

「イーチ、ニー、サーン」

ミツルが大きな声で合図をする。

四〇回ならば、誤魔化しながらもなんとか耐えることができそうだ。

「いいか。よく聞け。健全な肉体には健全な精神が宿る。お前らがここに来たのも、夜更かしをして酒や煙草（たばこ）をやっていたからだ。ここでは毎日、規則正しく生活する。そうすると不思議なもので、人としての体幹が鍛えられる。ここは大人が来る刑務所じゃない。お前ら刑務所だけは行くな。刑務所と少年院は全然違う。刑務所は罪を償うために入る施設だが、少年院は少年を更生させるための施設だ。だから少年院に入ったお前たちには前科は付かない。ここでは出所後に困らないように、職業指導や就労支援もやっている。だから一度死んだ気になって、ここで更生しろ」

スキンヘッドはいい気になって喋っていたが、もう僕の腕は限界だった。

「よーし、次はタカシが掛け声をしろ」

四〇回で終わると思っていた、僕の考えが甘かった。

「イーチ、ニー、サーン」

もう腕を曲げることができなかったので、体だけ上下して何とかやっているふりをする。

「サンジュウハチ、サンジュウキュウ、ヨンジュウ」

僕は何とかまた四〇まで耐えた。

「よーし、それじゃあ次は翔太が合図をしろ」

その一言で僕は意識を失い地面に突っ伏した。

## 俺

オリンピックの閉会式の映像が流れていた。

リオデジャネイロで行われたこの大会で、日本は体操の団体と個人総合、競泳、柔道などで金メダルを一二個も獲得し、四年後の東京大会に弾みをつけた。しかしテレビから聞こえてくる興奮気味のアナウンサーの実況が、俺には暑苦しく聞こえてしょうがなかった。

デリヘル嬢の宮本まゆに酷い仕打ちを受けた翔太は、暫く表に現れようとしなかった。翔太はまゆに母親の愛情を求めていたが、それにこっぴどく裏切られたのだから無理もなかった。

やっとママの代わりを見つけた翔太が、代わりのママから同じように酷い暴力を受けてしまった。実の母親に虐待されていた時のトラウマが蘇(よみがえ)ってしまったので、このまま翔太は二度と復活しないのではと思っていた。

しかし失恋が新しい恋で癒やされるように、翔太は新しいママを見つけた。

新しいママは宮本まゆと同じように、マザコンの翔太をとことん受け入れてくれた。

「ママ、ママ。ママに出会えて、やっと僕の居場所が見つかった」

「いつまでも僕のそばにいてね」

「ママ大好き。僕はママのためなら何でもするから」

おぞましいほどの翔太のマザコンぶりを、新しいママは徹底的に受け入れた。

しかしそのママが、またデリヘル嬢だったことが問題だった。

小森玉枝（こもりたまえ）は五反田（ごたんだ）で働くデリヘル嬢で、前職は保育士だった。年齢が三〇歳を超えていたが、母親の残像を追い求める翔太には却ってよかったのかもしれない。しかもあの母親を彷彿（ほうふつ）させる黒い髪の毛の持ち主で、翔太はそこに強く惹かれたのだろう。

しかし性格は良くなかった。

宮本まゆは不幸な家庭に育ったせいか優しい一面があったが、玉枝は翔太の金にしか関心がなかった。それなのに翔太の玉枝へののめり込み方は常軌を逸していて、一日の大半を玉枝と一緒に過ごすようなこともあった。

そんなことを許していたら、さすがに浦井の金も尽きてしまう。

そして金ももちろんだが、翔太が玉枝と無駄に過ごす時間がもったいないと思った。

何度も翔太に玉枝と別れるように説得した。

しかし翔太は自分の殻に閉じ籠もり、もはや聞く耳を持たなくなっていた。

だんだん翔太のコントロールが利かなくなってきていて、疎ましく思うようになっていた。

翔太に消えてほしかった。

学生時代にはバイトをして、卒業後一時は就職もした翔太だったが、最近では全く働かない。金を稼がないばかりかデリヘルで大金を浪費する翔太を、どこかに閉じ込めておきたかった。

俺は本やネットで解離性障害のことを調べまくった。

世の中に多重人格で悩んでいる人は意外と多く、参考になる資料は結構あった。

二重人格どころか、一つの体の中に十数人も人格がいる人もいて、一口に解離性障害といってもその症状は千差万別だった。

# 僕

「今からここで生活していく上での規則を説明する。共同生活となるため、今から言うことは厳守すること」

　考査期間が終わり、独房から出されていよいよ他の生徒たちと集団生活をしなければならなかった。

「まず私語は一切禁止だ。どうしても話をする必要がある場合は、教官室の前で我々の許可を得てから話すこと」

　角刈りの教官が僕たちを睨みながらそう言った。

「返事は」

「はい！」

　新入りの僕たち四人は一斉に声を上げる。

　医療少年院では多少の無駄口が叩けたが、ここでは院生同士が連携して事件を起こさないように、私語をしているところが見つかったらすぐに「調査」という取り調べを受けて独房送りにされた。そうなると進級が遅れてしまうので、絶対に避けなければならなかった。ちなみに「熱い」「寒い」のような独り言でも、見つかれば容赦なく怒鳴られた。

「廊下を歩くときには足音を立てないように注意すること。そしてその時、絶対によその部屋を覗(のぞ)いてはいけない」

「はい！」

「食事は決められた席に着いて目を閉じて黙想して待つこと。自分の食事を取りに行く番になったら目を開けて取りに行くこと。そして合図とともに食事を開始し、食べ終わったら再び目を閉じて黙想。もちろん私語は禁止」

「はい！」

少年院とは、体育と勉強を延々と課される刑務所だということがわかってきた。いや、刑務所の方がましかもしれない。刑務所ならば休憩時間は多少の自由が認められるはずだから、ここはむしろ軍隊に近かった。

「トイレは各部屋ごとに済ますこと。朝は五分、後は一分。トイレは一日四回まで」

「はい！」

恐ろしいことに、ここでは排泄のルールまで細かく決められていた。僕は便秘がちだったので、朝の五分で大便ができるものかと心配になった。

「テレビは決められた時間内にだけ見ることができる。しかし大声で笑うことは禁止。笑ってしまうときは、必ず口に手を当てること」

「はい！」

風呂は一週間で二回、テレビは八時から一日一時間と決まっていた。ホールのようなところにテレビが一台あり、一〇〇人近い生徒の視線が集中する。いつも厳しい管理下に置かれているので、この瞬間が生徒たちの唯一の娯楽時間だった。見る番組は教官が決めていたが、クイズ番組や音楽番組、そして大河ドラマなどだった。しかしもちろん私語は禁止で、姿勢も崩すことはできなかった。

「寝る時は必ず天井を向き、横を向いてはいけない。そして眠りにつくまで、目を開けてはいけない。また目が覚めてしまった時も、合図があるまではずっと目を瞑っていること」

「はい！」

僕は気がついた。

ここでは自分の好きなように行動し、自由に物事を考えることはできない。少年院は軍隊のようなところだと思ったが、日本やアメリカのような民主主義国家の軍隊ではない。

ここは北朝鮮のような独裁国家のようだった。

「休憩時間中でも、座っているときはこぶし二つ分足を開き、手をひざの上に置くこと。そして真っすぐ前を向き、私語はもちろん顔に感情を出してもいけない」

「はい！」

まだ独裁国家の軍隊の方が、自由があるかもしれないと思った。

俺

「解離性同一障害、つまり多重人格の根本的な治療法は、複数の人格を一つに統合することだね」

ネットで見つけたクリニックを訪ねてみると、目の大きい白髪頭の医師が診察をしてくれた。

「人格の統合ってどういう意味ですか」

「例えばAという内気な性格の人格と、Bという外交的な人格の持ち主がいたら、二人を統合して内気なところもありながら外交的にもふるまえる一つの人格に統合するってことだよ」

この初老の医師は解離性障害の専門家で、書籍もいくつか出していた。

「君の場合だったら、お母さんに甘えたい人格と、お母さんの虐待に耐えてきた人格に分離してしまったのだから、母親の虐待の事実を受け入れつつ母親が好きな性格ができあがるのかもしれないな」

「虐待をされていたのに、母親が好きだなんておかしくないですか」

「君は母親の愛情に触れたことがないからそう思うのも無理はないけど、人格の統合とはそういうことなんだよ。だけど私が見てきた限りでは、解離性障害を一つの人格に統合できたことは、かなりのレアケースだ」

医師は白髪頭を掻きながらそう言った。

「その場合は、どちらかの人格は消滅してしまうんですか」

「主人格側に統合されるので、副人格は消滅する」

そうなったら、俺が死んでしまうということなのか。

「君の場合なら、主人格の翔太が虐待の事実を受け入れて、母親のことを客観的に理解できれば、一時的には統合できるかもしれない」

「どうして一時的なんですか」

「どうも話を聞いていると、君の主人格はかなり子供というか、未熟なところがあるようなので、激しい暴力を振るわれたり何か嫌なことがあったりすると、以前のように自分の殻に閉じ籠もってしまいそうな気がするからね」

解離性障害の専門家だけあって、その指摘は正しいような気がした。最近でこそ翔太は表に現れているが、相変わらず消えてなくなりたいとか弱音を吐くことが多かった。

「解離性障害を薬で治すことは可能なんですか」

「不安やうつ状態を抑える薬や、ストレス障害を防ぐ薬が投与されることもあるけれど、多重人格がその薬で治るわけではない。気楽に考えるのが一番の薬かな」

白髪の医師がニヤリと笑った。

「人格の統合が難しいとなると、どうやって治療するんですか」

「解離性障害は無理に治療をするのではなくて、生活する上で不都合なことにならないようにお互いの人格で協調していくことが大事なんだ。そして気長に根気よく、人格が統合される時を待つしかない」

「片方の人格を出てこなくさせることはできないんですか」

医師は大きな目をぎょろりと剥(む)いて俺を見た。

「どうしてそんなことを訊くんだい？」

「もう一人の人格が手に負えないからです。金を稼いでいるのは俺なのに、あいつは無駄遣いばかりして何もしない。できれば消えてほしいと思っています」

とにかく翔太に玉枝に大金をつぎ込むのをやめさせたかった。

「強烈なストレスを与えられたり絶望的な気分になったりすれば、それによってショックを受けた人格は表に出なくなるだろうね。そもそも君たちの場合母親の虐待が原因で解離が起こったわけだからね」

母親に虐待を受けると翔太は現実逃避から眠ってしまった。そして俺という副人格が出来上がり、母親からの虐待にひたすら耐えた。

「表に出なくなった主人格が、二度と現れなくなったりすることもあるんですか」

「二度と現れないということはないだろうな。主人格は現実逃避をしているだけで、消えてなくなるわけではないからね」

それでも主人格が、生きることが本当に嫌になったらどうなるのだろう。

「もしも主人格が、自殺したくなったらどうなりますか」

「うーん、それは難しい質問だな」

白髪の医師は首を傾げて暫くの間考えていた。

「主人格が自殺をしたくなったら、本当に自殺をしてしまうからね。だけど自殺未遂で終わったら、暫くは出てこなくなるかもしれないな。そもそも解離性障害というのは、そうならないように自分を守るためのメカニズムだからね」

## 僕

死にたい。

集団行動生活が始まって、毎日僕はそう思っていた。

どうして僕がこんなところでこんな目に遭わなければならないのか。悪いのは全部、ヨシハルだ。

ヨシハルが犯した罪を僕が償わなければならないなんて、全然納得できなかった。

他の新入生は暴走族や半グレの不良たちばかりだったので、この軍隊みたいな環境でも少しずつ慣れていった。しかしパソコンに向かうのが唯一の趣味のようなオタクな僕が、こんな生活に耐えられるはずがない。

しかも僕は陰湿ないじめを受けていた。僕のみそ汁の中に誰かの陰毛が入っていたり、教官の目が届かないところで、いきなり殴られたこともあった。

どうやって死のうか。

もう死ぬことに何の恐怖も感じていなかった。むしろまた明日が来て、同じような地獄の日々が繰り返されることが辛かった。

具体的に死ぬ方法を考えた。

しかしここにはナイフも首を括る紐もない。

かつてインターネットで、着ているものを紐状にして首を吊る自殺方法を紹介している記事を見たことを思い出した。しかし一部屋五人で暮らす集団生活なので、変な行動を取れば部屋の連中に気付かれてしまう。

独居房に入れてもらおう。

何か騒ぎを起こすと、反省として独居房に入れられることがあった。人と会話ができないことは結構辛く進級にも影響してしまうので、院生たちはそうならないように細心の注意を払っていた。

「やめてください」

晩飯の食事中に、隣の席のミツルに喧嘩をふっかけた。

「何だと⁉」

怪訝な表情をしたミツルの顔に、僕は茶碗のお茶をかけた。

「てめえ、何するんだ」

ミツルは単純な性格だったので、僕に馬乗りになり騒ぎとなった。

「くおら！　そこの二人、何をしている」

あっという間に教官から目を付けられた。

「こいつが急に」

「口答えするな。今から二人とも調査だ。こっちにこい」

悪いのは一方的に言いがかりをつけた僕だったのだが、二人揃って独居房行きを命じられた。

俺

翔太があまりにも玉枝に金を使うので、真剣に金を稼ぐ必要に迫られた。ランサムウェアを使ったサイバー犯罪は上手(うま)く行った時はいいのだが、警察のマークも厳しくて何回もすることではなかった。効率はよくないが、ネット銀行やクレジットカードの暗証番号を盗むフィッシング詐欺のほうが簡単だった。そのために俺は成りすましのSNSアカウント作りに没頭した。

SNSといえば日本ではmixiやモバゲータウンが先行していて、フェイスブックやツイッターが日本で本格的に流行(はや)るのは二〇一〇年になってからだった。SNS黎明期(れいめいき)はセキュリティーの意識が低く、フィッシング詐欺でも簡単に金を稼ぐことができたが、そろそろその手口も通用しなくなっていた。

新たに目をつけたのがマッチングアプリだった。

アメリカではインターネットの普及と同時にマッチングアプリが流行したが、日本は「出会い系」という売春のツールとして発達してしまい、今のようなまともなマッチングアプリが普及したのは、スマホの時代になってからの二〇一二年以降のことだった。

ネット上で知らない人物と出会えるのは魅力的で、いい時代になったと思った。

ここで美人に成りすまし、交際を希望する相手をカモにすることはできないだろうか。翔太は一時期マッチングアプリを利用していたことがあったが、俺は今までマッチングアプリを使ったことはなかった。

まずは勉強のために使ってみようと、試しに登録をしてみた。

《プロフィールまで見に来てくれてありがとうございます。プログラマーをやっていて、個人で会社も経営しています。趣味はお酒と釣りとドライブです。お酒と体力だけは自信があります》

自分の写真を不用意にネット上に残したくなかったので、自分とよく似た男の写真をネット上で拾って貼っておいた。

すぐに何個かの「いいね」が付いてテンションが上がった。

《会社を経営しているなんて凄いですね！》
《私もお酒は大好きです》
《趣味が釣りって素敵ですね》
何人かの女性はメッセージまで送ってきた。
この調子なら簡単にデートができるのではと思ったが、彼女たちの写真を見てテンションが下がった。
この女性たちに会いたいとは思わなかった。
どういう女性ならば、俺は会いたいと思うのだろうか。今まで知り合った女性たちの中では、池上聡子は他の女性とは違っていたような気がする。しかしそれは水商売の女性の延長線上で、このマッチングアプリで出会いを求める人たちとは根本的に違っているような気がした。
ふと、翔太のことが思い浮かんだ。翔太は玉枝を愛しているのだろうか。しかしそれも、マッチングアプリの住人たちのものとは、ちょっと違っているような気がした。
彼女たちはどうして人を好きになるのか。
そして結婚して家庭を作ると、どういう気持ちになるのだろうか。無償の愛という言葉があるが、そんな行動を取る人の気持ちが想像できなかった。

俺にはその根本的なところが、全く理解できなかった。

## 僕

独房に入れられると、テレビなどの娯楽はもちろんだが、決められた期間中は誰とも話すことができない。僕はここの連中と話すことが苦手だったのでそれは苦には思わなかったが、そうなるとやることがないので、とにかく時間が長く感じられた。

少年院には「内覧」という更生プログラムがあり、独房で一週間ひたすら座禅を組んで反省させられることがあった。ただ座っているだけだから楽でいいと思うかもしれないが、寝る時以外ずっと座禅を組んで何も喋らないでいると、本当に時間が進まなくて気が狂いそうになるそうだ。

しかし僕は自殺する気でここに入ったので、そんなことを感じている暇もなかった。

独房に入ったからと言って、自殺をするのは簡単ではなかった。

入ってみて気がついたのだが、部屋の隅にはカメラが設置されていた。自殺を試みるなどの怪しい動きをしようものなら、すぐに教官が駆けつけてくることは十分に考えられた。

しかし少年院も少ない人数で運営しているので、二四時間絶えずカメラをチェックするほどの余裕はないはずだ。

やがて就寝の時間になり、僕は布団に入りながらチャンスが訪れるのをじっと待った。

子供の頃から、ずっと消えてなくなりたいと思っていた。

今まで一四年間ずっと生きてきたけれども、耐えることばかりで何も楽しいことはなかった。ママの虐待に耐え、養護施設での孤独に耐え、医療少年院でもなんとか耐えた。

しかし、もうこれ以上は無理だ。

僕はここの他の生徒たちとは違う。

僕にはプラスの思い出がない。

他の生徒たちは、いつかここから出られれば自由になり、楽しい生活に戻れると思えるから、ここの軍隊のような生活にもまだ耐えられる。だけど僕はここを出られたところで、楽しいことが待っているとは思えなかった。

もういい加減、終わりにしよう。

『お前なんか、生まれてこなければ良かったのに』

ママの言葉が頭の中でリフレインする。

だけど僕だって、好きで生まれたわけじゃない。生まれて良かったと思ったことだって一度もない。だから死ぬときぐらいは僕の好きにさせてほしい。

僕はカメラを見ながらそう思った。

やがて遠くを走る車の音が聞こえなくなった。

僕は寝床を抜け出して、着ていた服を脱いで輪を作り鉄格子に括りつけた。

生まれてきてごめんなさい。

洋服の輪に首を通し、体を宙に投げ出した。

## 五

### 僕

一六歳で少年院を卒院した僕は、児童養護施設に戻った。

独房で自殺未遂をして以降の少年院時代の記憶はない。おそらくその間は、ヨシハルが僕の代わりをしてくれたのだろう。それは子供の時に虐待を受けていた時と同じで、ヨシハルには頭が上がらないと思った。

しかしその一方で、そもそもヨシハルがあんな事件を起こさなければ、少年院になんか行くことはなかったわけで、その酬い(むく)をヨシハルが受けるのは当然だという思いもあった。

「大学検定を受けてみないか？」

児童養護施設の先生からそう勧められた。少年院にいて高校には進学できなかったけれども、大検に受かれば大学に行ける資格が取れることを知った。僕はアルバイトをしながら勉強をして、無事に大学検定試験に合格することができた。

「翔太はパソコンが好きだから、理系の大学に行って本格的にコンピューターの勉強をしてみたら」

先生からそんな提案をされたので、大学の授業料のことを調べてみた。

大学の授業料を年間一〇〇万円とすると、四年間で四〇〇万円。

しかも一八歳になると自動的に施設を出ていかなければならないので、家賃や生活費も必要になる。奨学金制度を利用することも考えたけれども、給付型は成績的に難しい。四年間で四〇〇万円を借りて、大人になってから利子を含めて毎月返済するのも気が進まなかった。

何かいい方法はないだろうか。アプリでアルバイト情報を検索しまくったが、まともな仕事では稼げる金額に限界があった。

大学なんか夢のまた夢だった。

僕は大学進学を諦めて、大検合格の資格を持って色々な会社の就職試験を受けた。大検に合格しても高卒と同等の学力があると認められただけで、高校の卒業資格が得られるわけではなかった。ちなみに中学の途中で少年院に入りそのまま一五歳の春を迎えると、その少年院の近くの公立の中学校を卒業した資格とみなされる。

「中学を卒業して大検を取るまでの間、どこで何をやっていたんですか?」

当然、面接ではそのことを訊ねられる。

最初は正直に少年院にいたことを話したけれども、どこにも採用にならなかった。

そこで途中から、「病気をしていた」「引きこもっていた」「全国を旅行しながら働いていた」など嘘を吐いてみたけれども、やっぱり採用はされなかった。

このままでは大学に行けず、就職もできない。しかし一八歳になったらもうこの施設にはいられない。

何気なく荷物を整理していると、ママ名義の銀行のキャッシュカードを見つけた。ママが死んだ時に残高が一四五〇円しかなく、しかも暗証番号がわからなかったのでそのカードの存在自体を忘れていた。

これからの生活のために少しでも足しになればと思い、その通帳を銀行の窓口に持っていった。

「役所に行って戸籍謄本を取ってきていただけますか。正式な相続人だと認定できれば、口座のお金を引き出すことも可能ですし、新しい暗証番号を設定することもできます」

窓口の女性は申し訳なさそうにそう言った。

「戸籍謄本を取るためには、手数料はいくらかかりますか」

そんなことを銀行の人に聞くのもどうかと思ったけれども、わずかな金を引き出すためにそれ以上の出費をするのは馬鹿馬鹿しい。

「少々お待ちください」

窓口の女性は目の前のパソコンで、親切にも手数料のことを調べてくれた。

「役所の窓口で直接申請すれば四五〇円ですね。郵送だと別途費用がかかりますが」

それならば手数料で逆ザヤになるということはないだろう。

「このまま何もしないでおくとどうなるんですか」

しかし一〇〇〇円のために、わざわざ市役所に行くのも煩わしい。

「出入金が一〇年間ないと休眠口座となり、いずれは民間公益活動に活用されます。そうなさりますか」

こんなにお金で苦労しているのに、一〇〇〇円とはいえ他人のためにママの金が使われるのは理不尽だ。

「これから市役所に行ってきます」

その足で市役所に行き、四五〇円の手数料を払って戸籍謄本を取った。

市役所でもらった戸籍謄本を見ると、母親の欄には「佐藤薫子(かおるこ)」とママの名前が書かれていたが、父親の欄は空白になっていた。父親は死んだと教えられてきたけれども、実は僕は非嫡出子つまり法律上婚姻関係にない男女の間に生まれてきたことを初めて知った。

「これで新しい通帳を作ってもらえますか」

戸籍謄本を銀行の窓口に提出した。

「口座にはこれだけの残高がございましたが、どうされますか？」

驚いたことに、口座には六〇〇万円以上の残高があった。それだけの金があれば、大学の授業料を支払ってもおつりがくる。

「すいません。僕が知る限りでは二〇〇〇円弱しかなかったはずなんですが、どこからそんな大金が入金されたかわかりますか？」

「ここ数年分の取引を通帳に記帳いたしましょうか」

記帳をしてもらって履歴を見ると、チバナオキという人物から毎月一日に六万円が入金されていた。

俺

『初めまして、玉枝です』

スマホから玉枝の声が聞こえてきた。

『はい、九〇分コースで一万八千円、確かにいただきました』

遠隔操作ウィルスで玉枝のスマホを乗っ取り、マイク機能を使って玉枝の様子を盗聴した。好きなように玉枝のスマホを遠隔操作できるので、カメラ機能を使った盗撮もできたしスマホの中の画像やＬＩＮＥのトーク履歴も見られたし、位置情報もリアルタイムで知ることができた。

今、玉枝がいるのは五反田のラブホテルの一室だった。朝からデリヘル店で待機していたが、夕方に指名を入れたこの金本が、今日の玉枝の初めての客だった。

『今日は朝から暑かったですね。今年は残暑が厳しいそうですよ。金本さん、背広をハンガーに掛けておきますね』

玉枝は翔太のママではなく、単なるデリヘル嬢であることを改めてわからせたかった。こうやって玉枝が他の客といるところを聞かせれば、翔太もさすがに目を覚ますのではないだろうか。

スマホの音声が暫く途切れて、衣擦れの音とリップ音が聞こえてきた。

翔太は黙ってスマホから流れてくる音声を聞いている。

『キスがお上手ですね。金本さんは大人で優しそうだし、何か一緒にいてとっても落ち着きます』

玉枝が客を取っているところを、実際に聞かせるのが一番だと思った。これで翔太が玉枝に貢ぐのを止めてくれないかと思っていた。

『私、最近、ヘンなお客さんに好かれちゃって大変なんですよ』

客が何かを喋ったが、マイクが遠すぎてよく聞き取れなかった。

『実は私、保育士だったんですよ。そのせいかそういうお願いをされることも、確かによくあるんです。だけど本当の子供は可愛いですけど、大人にそんなこと言われても、正直言ってドン引きですよ』

玉枝の常連客は翔太ぐらいしかいなかったので、翔太のことを言っているのは明らかだった。

「なあ翔太、聞こえるだろ。これが玉枝の本性だよ。玉枝はデリヘルの仕事で客を取っているだけなんだよ。だから玉枝はお前のママでも恋人でもない。お前はただの客なんだ。しかもマザコンで気持ちの悪い客だ。これでわかっただろ」

翔太は何も答えない。

『金本さん、背中のファスナーを下ろしてくれませんか』

やがてファスナーの音に続いて、衣擦れの音が聞こえてきた。

『私だけ裸だなんて恥ずかしいです。金本さんのお洋服も脱がしちゃいますよ』

やがて、玉枝の艶めかしい声が聞こえてきた。

「玉枝は金さえもらえれば、誰の前でも裸になって足を広げる女なんだ。玉枝はお前のママなんかじゃない。ただのデリヘル嬢なんだよ。もう一度、宮本まゆに言われたことを思い出せ」

あの時は店のスタッフに殴られて、翔太は鼻の骨を折った。

「翔太。お前を愛してくれる人なんか、この世の中に誰もいないんだ。やっぱりお前は、生まれてきてはいけなかった人間なんだよ」

## 僕

いくつかの大学の試験を受けて、唯一合格した神奈川県にある大学の情報システム学科に入学した。

東日本大震災が起こりどうなることかと思ったけれども、四月には無事に入学式が行われ僕のキャンパスライフがスタートした。チバナオキからの月六万円の送金は続いていたので、大学の近くにワンルームマンションを借りることもできた。

情報システム学科はプログラミングそのものを習うのではなく、その理論を勉強するところだった。それはそれで役には立つのだろうが、プログラムのコードを書くことを想像していたので、ちょっと物足りなかった。

春の穏やかな大教室で、退屈な教授の話を聞いているとうとうとしてしまう。夜に居酒屋のバイトをしていたので、それでなくとも寝不足気味で睡魔に抗う(あらが)ことができなかった。

「佐藤君。ちょっとノート見せてくれない？」

授業が終わって帰り支度をしていると、坂本香苗に話し掛けられた。

この大学はもともと男子が多い上に、情報システム学科の女子学生は数えるほどしかいなかった。

「ごめん、寝ていたからあんまりノート取っていない」

「そうかな。ちょっと見てもいい？」

ノートを開いてみると、不思議なことに文字がびっしりと並んでいた。

「佐藤君って、奥ゆかしいね。すぐに写しちゃうから、ちょっと待ってて」

香苗は鼻が低く赤い眼鏡をかけていた。決して美人ではなかったが、洋服の上からでもそのバストの大きさがはっきりわかるので、キャンパスではかなり目立つ存在だった。

「佐藤君って下の名前、何て言うの？」

「翔太だけど」

「じゃあこれから、翔太って呼んでいい？　その代わり私のことは香苗って呼び捨てにしていいからさ」

思いもよらない提案に、僕は曖昧に頷いた。

「ねえ、翔太。飲み物買ってきてくれない？　ノートを写させてもらったお礼に、私が奢るから。私は午後ティーのミルクでいいから」

香苗は机にノートを広げ、さっさと写しはじめていた。

パシリみたいだなと苦笑しながら、廊下の自動販売機に向かった。奢ってもらった小銭を販売機に入れて、午後ティーのミルクと無糖の缶コーヒーを買った。

席に戻ると香苗は既にノートを写し終わっていた。

「翔太ってさ、なんでこの大学に入ったの？」

香苗の隣に座りながら、僕は居心地の悪さを感じていた。養護施設にも女の子はいたけれども、こんなに馴れ馴れしくされることは初めてだった。

「プログラミングの勉強がしたかったから」

後ろの席でお喋りをしていた男子学生が、物珍しそうに僕たちを見ている。

「だったらプログラミングスクールに行けばよかったじゃん」

「そうみたいだね」

プログラミングは、大学に行かなければ勉強できないというものではない。プログラミングスクールの方がより実践的なことが学べたし、そもそも本当に優秀なプログラマーは誰かに教えてもらうのではなく、独学でプログラミングを学習していた。

「坂本さんは何でこの大学に入ったの？」

「香苗って呼び捨てにしていいよ」

午後ティーのペットボトルの蓋を捻りながらそう言った。僕は同時に缶コーヒーのプルトップを引いた。

「じゃあ、香苗は、どうしてこの大学にしたの？」

「ここしか受からなかったからね。私もコンピューターのことを勉強しようと思ったんだけど、やっぱり理系は難しいね」

「まだ始まったばかりじゃない」

香苗は早くも戦意喪失気味だった。

「これって五月病って言うのかな」

確かに大学に行けば楽しいことがあると思って頑張ってきたので、思い描いていたキャンパスライフとは大分違っていた。それを五月病と呼ぶのであれば、僕も五月病なのかもしれない。

「はい、どうもありがとう」

香苗はノートを差し出した。

「ねえ、翔太。この後何か予定ある？」

僕は生活費を稼ぐため週に三回居酒屋のバイトをしていたが、その日はバイトのない日だった。

「特にないけど」

「じゃあ、これからご飯食べに行かない？」

俺

「翔ちゃん。この車どうしたの」

俺は浦井の黒いポルシェを、玉枝の住む町の近くのターミナル駅に乗り付けた。

それまで車に関心はなかったが、ポルシェに乗ってみてからは車の乗り心地がここまで違うものかと驚いた。いい車はサスペンションが違った。道路の凹凸の衝撃を吸収してくれるので、まるで地面に吸い付くように走る。

「今日は記念に、玉枝とドライブをしようと思ってね」

玉枝に直接ＬＩＮＥを入れて、店にばれないように呼び出した。

スマホを盗聴して玉枝の本性をわからせてからは、翔太は表に出てこなくなった。

「この車、外車でしょ。何ていう車」

「ポルシェだよ」

「こんな外車に乗っているなんて、今まで言ったことなかったじゃない」

いつも玉枝に、ママ、ママと甘えるばかりだったので、玉枝は翔太を見下していた。しかしポルシェを目にした途端、玉枝の俺を見る目が変わった。

「ねえ、どこ行くの？」

俺を翔太だと信じ切っているので、玉枝は何の警戒もなく助手席に座った。

車内に玉枝の髪が発するシトラスとカシスの匂いが漂った。玉枝は好きにはなれなかったが、髪の毛だけは別だった。

「いいところ。サプライズだから場所は言えないけど」

玉枝がシートベルトを着けると同時に、車のアクセルを踏み込んだ。

首都高に入るとさらにアクセルを一気に踏み込んだ。爆発的な加速、心地よいステアリング、独特のエキゾーストノートなど、ポルシェの魅力を挙げたらキリがないが、高速を走行する時の吸い付くような走りが特に気に入っていた。この車を本気で高速道路で走らせたら、周りの車は止まっているも同然だった。

「すごーーい」

玉枝もすっかり興奮して深夜のドライブに大満足のようだった。

「ねえ、翔ちゃんも食べる？」

いつの間にか玉枝がポテトチップの袋を取り出して、音を立てて食べていた。こういう下品なところも、この女を好きになれない理由の一つだった。

いい匂いがしていた車内の空気が汚れてしまった。パワーウインドウで運転席側の窓を少し下げると、外の冷たい空気が流れ込んできた。

「何か今日の翔ちゃん、いつもと雰囲気が違うね」

「そんなことないさ」

ポテトチップを食べ終わると、今度はカバンの中から化粧ポーチを取り出して、車内で化粧を直しはじめた。

「あーあ、もう少し鼻が高く生まれてきたかったな」

玉枝はデリヘルで稼いだ金を、顔の整形費用に充てていた。

「そんなに低いとは思わないけど」

「低いよー、それにもう少し小さかったら良かったな」

横目で玉枝を見たが、何て答えていいかわからなかった。

「俺はいいよ」

## 僕

香苗はキャンパス内で、何かと僕に付き纏(まと)うようになった。同じ授業ならば席はいつも隣に座ったし、一緒に昼ご飯を食べることも少なくはなかった。

『おまえ、香苗と付き合っているの』

クラスメートに露骨にそう訊ねられることもあった。

『そんなんじゃないよ』

香苗は特に僕のことが好きというわけでもないようで、気になる男の子だったら誰彼となく声を掛け、いつも男と一緒にいることが好きなタイプの女だった。

「翔太って、もっと怖い人だと思っていたけど、話してみると可愛いところがあるよね」

居酒屋チェーン店のカウンターで、ほろ酔い気味の香苗にそう言われた。

「どうして」

「だって授業中は真剣だし、教授に喧嘩腰に質問したりすることがあるじゃない」

「僕が?」

思わず自分を指さしてしまった。

「そうだよ。だからちょっと近寄りがたい雰囲気があったけど、話してみると全然違うんだね。何か不思議」

香苗が怖いと思っていたのはヨシハルだった。授業中眠っていた僕の代わりに、ヨシハルは真面目(まじめ)に授業を受けているようだ。

「翔太って、今まで結構モテてきたんじゃないの」

「そんなことないよ。そもそも女の子のいない環境にいたことも長かったから」

少年院で自殺未遂をしてからは、ヨシハルが表に出ていることの方が多かった。二重人格は人格によって性格が違うが、知能や得意なことも明らかに違った。大学の授業中に僕がすぐ眠ってしまうように、受験勉強をしていたのは専らヨシハルの方だった。最近ヨシハルは独学でプログラミングのことも勉強しているらしかった。

「ずっと男子校だったの」

「まあ、そんなところかな」

焼き鳥を頬張りながらそう答えた。

「ねえ翔太ってさ、私のことをどう思う？」

ビールジョッキに付いた水滴を見ながら考えていると、法被を着た店員が焼き鳥を運んできてテーブルの上に置いた。

「どう思うって」

僕はその質問に、どう答えていいかわからなかった。

「私のことが好きなの、それとも嫌いなの」

香苗はレモンサワーをごくりと飲んで、潤んだ瞳でそう訊ねる。

「まあ、こうやって一緒に呑んでいるんだから、嫌いってことはないと思うよ」

香苗のことを好きなのか、好きじゃないのかは正直言ってわからなかった。香苗が物凄い美人ならば違うのだろうが、そんなに好きなタイプではない。こうして二人で酒を飲んでいるけれども、正直学校の知り合いには見られたくないと思っていた。

「じゃあ、どっちかっていうと好きってことだね」

香苗が嬉しそうに笑うので、僕も曖昧に頷いた。そう訊かれて、はっきり否定できる男がいるのだろうか。しかしこうやって香苗と二人でお酒が飲めるのは、引き籠もりがちな僕にとっては貴重な体験ではあった。

「まあ、まだ知り合ったばかりだしね、翔太、誰か好きな人でもいるの」

異性と付き合った経験がない僕には、好きという感情が今一つ理解できていなかった。そもそも僕は、今までママ以外の女性を好きになったことがなかった。

「わからない」

百合子先生が少しだけ好きだったこともあるけれども、あれもママの代わりを求めていたような気がする。

「翔太って本当に可愛いよね」

香苗は早速焼き鳥の串を一本摘まみ、前歯を見せながら豪快に肉に食らいつく。

「そうかな」

ジョッキを傾けてビールを一口飲んだ。

酒を飲むようになったのは、居酒屋でバイトをするようになってからだ。未成年だから児童養護施設ではもちろん飲むことを禁止されていたので、それまでは一滴も酒を飲んだことはなかった。しかし仕事をする上で少しは酒を勉強しておこうと思って飲んでみたら意外と飲めた。

「翔太って童貞なの？」

飲みかけのビールを噴き出しそうになって香苗を見ると、上目遣いに目をトロンとさせていた。

「違うの？」

僕が曖昧にうなずくと、香苗は鼻の穴を膨らませる。

「そういう香苗はどうなのさ？」

「私？ 私が処女のわけないでしょ。とっくの昔に卒業したわよ」

香苗が胸元を押さえながらそう言った。Vネックのセーターの間から、白くてふくよかな胸の谷間が覗いていた。

「ねえ、私が翔太の初体験の相手になってあげようか」

俺

「着いたよ」

郊外にある隠れ家的な家の前で車を止めた。

「サプライズのプレゼントがあるから、目隠ししてもいいかな」

玉枝は車内で目隠しをされて、俺に連れられて家の中に入った。

「ドキドキする。私、サプライズって大好き」

「ちょっと手を出してみて」

両手を縛られても、玉枝はまだ警戒しなかった。

黒髪に鼻を近づけてその香りを堪能する。さっきまでシトラスのような匂いがしていたが、今はラズベリーの香りに変わっていた。

「いい匂いだね。どこのトリートメントを使っているの？」

「外国製だよ」

髪の毛だけならば、玉枝も俺好みの女だった。

「何ていうトリートメント？」

「美容院に買わされているだけだからわかんない。ねえ、プレゼントはどこなの?」

玉枝の首に首輪を嵌めて、首輪の鎖をベッドの脚に括りつける。

「何これ。ひょっとして、翔ちゃん、ＳＭが好きだったの?」

玉枝は勝手に、自分で目隠しを外してしまった。

「ちょっと翔ちゃん、ＳＭプレイは別料金だよ」

玉枝はこれが、いつもの仕事の延長線上なのだと思っているようだった。

「いくら欲しい?」

「そうだな。痛くない奴なら二万円でいいよ」

「痛い奴なら?」

「やったことないけど、痛いんなら五万円はちょうだい」

「五万円でいいんだ」

財布の中から一万円札を五枚抜くと、玉枝の前に投げ出した。玉枝が嬉しそうに五万円を拾い集めているうちに、俺はポケットからジャックナイフを取り出した。

「何?　嘘でしょ。そのナイフで何をするつもり」

玉枝が後ずさっていくうちに、首輪と繋がった鎖がピンと伸び、もうこれ以上後ろに行けなくなってしまった。

ナイフを使ってまずは玉枝の髪の毛を切った。

「やっぱりいいナイフは切れ味がいいね」

「ちょっと、何するの」

切った髪の毛を鼻に当てその匂いを嗅いでみた。

「翔ちゃん、一体どうしたの。冗談は止めて」

「五万円は払ったよ」

「やめて！」

「何言っているんだよ。まだ始まってもいないのに」

「うぐ」

玉枝の下腹部にナイフを突き立てると、呻くような声を上げた。

「痛……い」

さらにもう一度突き立てる。

「助けて、誰か、助けて」

必死に逃げようとするが、首輪に繋がった鎖がそれを許さない。

「大丈夫だよ。すぐには死なないから」

動脈は外してあるので、ナイフで刺しても出血多量で意識がなくなるわけではない。

「助けて！　お願いだから殺さないで」

玉枝は涙を流して哀願する。

「わかったよ。もうこれ以上刺すのはやめてあげるよ」

腹を刺すより首や胸を刺した方が楽に死ねる。そうしなかったのは、腹を刺されて苦しそうな顔をする玉枝のことが見たかったからだった。

「お願い、救急車を……呼んで」

「大丈夫。そんなにすぐには死なないから。昔、侍が切腹をしても、介錯が首を切り落とさなければ、半日ぐらいは生きていたらしいからね」

僕

香苗は僕の初めての女になった。

「初めてにしては、まあまあだったんじゃないの」

ベッドの上で煙草の煙を吐きながら、香苗は余裕の表情でそう言った。

「そ、そうかな」

「翔太って、高校の時に彼女はいなかったの？」

実は香苗は僕より二つ年上だった。高校を卒業して一回就職し、それから大学に行きたくなって受験勉強をした。

「僕は事情があって高校は出ていないんだ。大検を受けて受験資格を取ったんだ」

「へー、翔太って努力家なのね」

「そんなことないよ」

僕は冷蔵庫から缶ビールを取り出して、タブを引いて一口飲んだ。

「翔太ってさ、意外とお金持ちのお坊ちゃまじゃないの。この部屋も高そうだし、着ているもののセンスもいいし。私なんか奨学金で暮らしているから、こんないい部屋には住めないよ」

毎月入金される六万円とアルバイト代、そしてヨシハルがネットで稼いでくれていたので、日々の生活には余裕があった。この部屋の家賃も七万円で、この近辺では比較的高い方だった。

「父親らしき人から養育費みたいなお金が毎月振り込まれていてね、それで何とかやれているんだ」

養育費ならば一八歳までしか支払う義務がないのだが、チバナオキからの送金は一八歳の誕生日を過ぎてからも続いていた。

「うらやましー。私も誰かからお小遣いがもらえないかな」

香苗は僕の飲みかけの缶ビールを口にしながらそう言った。香苗は二つのバイトを掛け持ちしていた。理系で大学の授業も大変なので、早くも香苗は音を上げていた。

「香苗の親は何をやっているの？」

「普通のサラリーマンよ。弟もいて今年受験だから実家にも余裕がないのよ」

しかし香苗は自宅通学のはずだった。贅沢さえしなければ、アルバイト代だけでもやっていけるのではないかと思ったが、敢えて口にはしなかった。

「だけど両親も弟もいるなんて羨ましいね。僕は独りぼっちだから」

香苗は煙草を灰皿で揉み消して僕を正面に見た。

「どういうこと？」

「僕は父親の顔も知らないんだ。母親は僕が小三の時に死んでしまった」

さすがに自殺したとは言えなかった。

「可哀想に」

香苗は僕の顔を抱きしめた。ふくよかなバストに顔を挟まれて、僕は不思議な安らぎを感じていた。

ママ。

香苗はウエーブのかかったセミロングで、髪は染めていなかった。死んだママも同じような髪形をしていた。

僕はママのことを考えていた。

小さな骨壺に入ってしまったママは、今はどこで眠っているのだろう。

「翔太」

香苗が僕の頬にキスをする。

今のこの温かい気持ちは何なのだろう。

香苗は確かに美人ではないが、こうして体をくっつけていると顔の美醜などは関係なかった。肌から伝わってくる香苗の体温で僕はとても満ち足りた気分になれた。ずっとこうしていたいと思ったし、とても安心して思わず眠りに落ちそうになった。

「私、大学やめようと思ってるんだ」

僕は驚いて香苗の顔を凝視した。

「どうして？」

「お金がないからよ」

香苗はベッドで半身を起こし、枕元にあった煙草に火をつけた。

「バイトを掛け持ちしてたんじゃないの」

「いくらバイトをやっても追いつかないのよ。もう疲れちゃった。このまま奨学金を借り続けるのもどうかと思うし、だから大学はやめることにしたの」

香苗は煙草の煙を吐き出した。

「せっかく入ったのに、もったいないよ」

「ちゃんと四年で卒業できるかわからないし、それにあの大学じゃいい会社に就職できそうもないからね」

まだ一年生が始まったばかりなのに、早くもキャンパスで見かけなくなった学生は多かった。

「少しならお金を貸してあげようか」

香苗の瞳が怪しく光った。

「いくらぐらい？」

「五〇万円ぐらいなら、貸せないこともないけれど」

今後四年間の授業料と生活費を逆算しても、まだそのぐらいの余裕があった。

「翔太、大好きありがとう！」

俺

息を引き取った玉枝をスーツケースに押し込んだ。

そのスーツケースをトランクに入れてポルシェを発進させる。高速入り口の緑の看板が見えたのでハンドルを左に切った。ETCの料金所を抜けたところで、思いっきりアクセルを踏み込むとポルシェは飛び出すように加速した。

玉枝を殺してからは、翔太の気配が完全に消えた。

好きな女が殺されてしまったのだから、当然なのかもしれない。

あの精神科医と話している時に、玉枝を殺すことを思いついた。それで翔太が出てこなくなるかもしれないと思ったからだ。もしもそうならなくとも、玉枝を殺せばこれ以上無駄に金と時間を浪費することはなくなるはずだ。

車内の時計は午前二時を示していた。

三〇分も走ればあの山に到着する。既に穴は掘ってあるから、死体を運んで埋めればいいだけだ。

既に三人も殺して埋めたのに、警察は事件が起こっていることすら気付いていない。このまま三人に成りすまして連絡する頻度を減らしていけば、友人や知り合い程度の希薄な人間関係は消滅してしまう。血を分けた親子でも、時が経てば経つほど親は年老いていくので、都会に住む子供を捜すのはかなり難しくなるはずだ。

車は高速道路を、丹沢の山に向かって疾走する。

前を走る車の赤いテールランプが見えたと思うと、あっという間に追いついてすぐにバックミラーの中に消えていく。対向車線の車もまばらで、自分が高速で車を運転していることを忘れてしまいそうだった。

こうやって高速で疾走する車のハンドルを握っていると、すべてが夢なのではないかと思うことがあった。もしも今、右に急ハンドルを切れば、車は中央分離帯に激突し一瞬にして横転して俺の命は終わってしまうかもしれない。そんな奇妙な自殺願望に取りつかれることがよくあった。

ふと、死にたい衝動に駆られる時がある。

人は死んだらどうなるのか。

高速の出口を示す緑の看板が目に入った。

我に返りアクセルから足を離すと、バックミラーに猛スピードで近づいてくるヘッドライトの光が目に入った。

それがパトカーだと気がつくまで、数秒の時間がかかった。

スピードを出しすぎていた。車の速度計は一三〇キロを超えていた。しかし今ブレーキを踏んでしまえば、自らスピード違反を認めるようなものだった。

スピード違反だけならば、トランクは開けられずに済むだろうか。

偽造免許証を見破られたりしないだろうか。この車の車検証は大丈夫か。色々な考えが頭に浮かんでいる間に、後ろのパトカーのヘッドライトが迫ってきた。

もしもスーツケースの中を見せろと言われてしまえば万事休すだ。

パトカーは遂に俺の車の真後ろにまでやってきた。

スピードメーターには一二四キロという数字が表示されていた。アクセルからは足を離したけれど、惰性が働いてスピードは落ちていなかった。

ブレーキを踏もうと、俺は右足をずらしてブレーキペダルの上に乗せる。

いや駄目だ。

そんなことをしてしまえばテールランプがついてしまい、自らスピード違反を自白しているようなものだった。

しかしその瞬間、パトカーは俺の車の左車線に進路変更し、さらに先へと疾走していった。

# 六

## 俺

夕食を食べようと駅前のラーメン店に入った。

家系を名乗るこの店は、濃厚な豚骨醤油ラーメンで行列ができるほどの人気店だった。二〇人ぐらいの行列の一番後ろについて、俺はスマホをチェックする。ニュースやSNSを一通り見終わっても、入店まではまだまだ時間がかかりそうだった。他にやることもなかったので、ふとした好奇心から以前登録したマッチングアプリを開いてみた。

《このアプリで恋人ができた友人に勧められて登録してみました。休日は友達とランチをするか、家で海外ドラマを見ています。友達からはバカ真面目と言われています。お酒と美味しいものが大好きです》

猪俣明日香の写真に惹きつけられたのは、その艶やかな黒髪のせいだった。

明日香は旅行会社の派遣社員で、年齢は二八歳だった。凄い美人とは言えなかったが、くりっとした目をした可愛らしい女性だったので、とりあえず「いいね」を送ってみた。
列が少しだけ進み前の人との距離を縮めると、明日香から「いいね」が送り返されてきた。そうなると、何か書き込まなければ失礼な気がした。
《きれいな黒髪ですね。トリートメントは何を使っているのですか？》
純粋に明日香の黒髪に興味があった。使っているトリートメントを知りたかったし、できることならばそれを自分で試してみたいと思った。
《どうもありがとうございます。このトリートメントに変えてから、髪の手触りが滑らかになってとても気に入っています》
《どこの会社のトリートメントですか？》
明日香が使っているトリートメントは、アミノ酸洗浄成分を使用していて、さらにフランスのブルターニュ地方の海泥を使っていた。
《それはどこで買えるのですか？》
《普通にアマゾンとかで買えますよ。でもおかしいですね。男性なのに、トリートメントに興味があるなんて》
確かにそんな男はあまりいないだろう。
《妹が酷いダメージヘアで悩んでいるんです。早速、教えてあげます》
そう書き込んだ後に、また少しだけ列が進んだ。

アマゾンでそのトリートメントを検索すると確かに売っていたので、早速その商品を購入した。

《妹さん思いの優しいお兄さんなんですね》

いつの間にか、新しいメッセージが着信していた。優しいなどと言われこそばゆい気分になった。

《ちなみにブラッシングには、アレクサンドルドゥパリの櫛を使っています》

初めて聞くその高級ブランド櫛をアマゾンで調べてみると、櫛なのに一万円以上もするので驚いた。どうりで美しい髪をしているはずだ。

ますます、明日香に興味が湧いてきた。

《今度、どこかでお茶でもしませんか》

## 僕

「ねえ、翔太。またお金を貸してくれない?」

その後も香苗は時々家にやってきて、二人の関係は続いていた。

「何に使うの?」

「今度、税理士の専門学校に通うことにしたの。その授業料がどうしてもあと一〇万円足りないのよ」

そして何かと理由をつけて、僕からお金を借りるようになった。

「最近キャンパスで見掛けないけど、試験とか大丈夫なの？」

「私、大学はやめることにした。税理士の資格を取ったら、どこかの会計事務所に就職する」

香苗はカバンの中から、簿記の問題集を取り出した。僕はパラパラと問題集を捲ってみたが、新品同様できれいなままだった。

「本当に税理士になるの？」

「もちろん。だから専門学校に通うんじゃん」

その税理士専門学校の授業料は年間七〇万円もするらしい。

「大学にも高い授業料を払ったのに、もったいないね」

三流の私大だったが、理系ということもあり初年度で一七〇万円、二年目以降も一五〇万円近く払わなければならなかった。

「だから大学はやめるの。翔太は成績もいいし男だから就職先もあるだろうけど、女の私は資格がないと食べていけないからね」

香苗がそう考えるのも無理はなかった。

「確かにうまくプログラマーにでもなれればいいけど、そうでなければ僕もブラック企業に勤めるか、一生フリーターだからね」

大学に一年近く通っていれば、卒業後のこともなんとなく想像できた。先輩たちの就職先を調べてみたら、知らない会社ばかりだった。

「翔太は大丈夫だよ」

前期試験の最中に睡魔に襲われたが、成績はほとんどがAだった。ヨシハルが僕の代わりに試験を受けてくれたからだった。

多重人格の主人格は、別人格がやったことを覚えていないことが多い。その一方で別人格は、主人格がやったことはわかっているらしい。どっちが主なのか逆転してしまっている気もするが、とにかくヨシハルが僕の代わりに頑張ってくれているのだから、感謝しなければならない。

「コンピューター関係のアルバイトもやっているんでしょ。だからちょっとだけお金を貸してよ」

居酒屋のバイトは辞めてしまった。

ヨシハルがどこかから金を稼いでくれたので、銀行口座の残高は増える一方だった。そうなると時給一〇〇〇円ちょっとの深夜の居酒屋の仕事が急にバカバカしくなってしまった。

「税理士になったら、利子をつけて返すから」

香苗に貸した金は、既に一〇〇万円を超していた。

こうやって部屋に来て男女の関係は続いているが、外にデートに行ったりすることはない。ＬＩＮＥも時々しか来ないし、二週間ぐらい音信不通なこともあった。恋人というにはあまりに関係が希薄だったが、僕にはこのぐらいの方が楽でよかった。

「もう、そんな金はないよ」

もう久しく香苗とは男女の関係もなかった。そもそも僕は性的にはかなり淡泊な方だった。

「そんなこと言わないで、お金貸してよ」

「駄目だよ」

こう頻繁に金をねだられてはたまらない。

「ねえ、翔太。久しぶりにエッチしようか」

# 俺

《すいません。私、こういうアプリは初めてなので、すぐに男の人と会うのはちょっと抵抗があります》

明日香は俺の誘いを断ってきた。

なるほど、友達からバカ真面目と言われるだけのことはある。

しかし明日香の黒髪に興味があったので、もう一度プロフィールをチェックして共通の話題を探してみる。

《お酒は何が好きですか？　私は最近ワインに凝っています》

プロフィールには、お酒が好きと書かれていた。

《なんでも飲みますけど、私もワインは好きですね》

今までマッチングアプリで、実際に女性に会ったことはなかった。

真面目にメッセージのやり取りをしていなかったこともあったが、そもそもプロフィールに別人の写真を使っているから、実際に会うことまでは考えていなかった。

《どこのワインが好きですか。やっぱりフランスですかね。私はイスラエルのワイ

ンに凝っています》

イスラエルのワインなんか飲んだこともなかったが、受け狙いのつもりだった。

《イスラエルのワインなんてあるんですか》

狙い通りに明日香が興味を示してきた。俺はすぐにネットでイスラエルワインを検索する。

《日本ではあまり馴染みがありませんが、イスラエルのワインは歴史があって、世界からも高く評価されているんです。イスラエルはワインの産地としては南すぎるのですが、高原が多いので南フランスみたいないいワインができるんですよ》

ネット上に書かれていた情報をそのまま送った。

《そうなんですか。私、全然知りませんでした》

《ところであのトリートメント本当にいいみたいですね、妹が感動していました。いいものを教えてくれてありがとうございます》

アマゾンからそのトリートメントが届いたので、俺は早速それを自分の髪に使ってみた。すると驚くほど髪がサラサラになり、しかもミルキーココナッツの程よい匂いが鼻腔(びこう)をくすぐった。

それまでリンスすらろくに使ったことがなかったが、それ以来毎日トリートメントをするようになった。そうなると髪の毛を切るのがもったいなくて、いっそロン毛にしてみようかと思っていた。

《お役に立てたみたいで嬉しいです。私もあのトリートメントに出会うまでは、なかなかちょうど良いものがなかったんです》

髪の話で盛り上がるのだが、なかなか実際に会おうという雰囲気にはならなかった。いつまでもこんなことをしていても意味がないので、俺は正直な気持ちをぶつけてみた。

《毎日このトリートメントでケアしている明日香さんの美しい髪の毛を見てみたいです。週末に会いませんか？》

これだけ盛り上がれば、すぐに返事が来ると思ったが、明日香はなかなか返信をよこさなかった。

《私、プロフィールの写真の感じと、ちょっと違うかもしれませんが大丈夫ですか》

もう一度明日香のプロフィール写真をチェックする。

このアプリは真剣に交際相手を求めている人が多いので、プロフィールに書かれている内容も嘘が少ないような気がしていた。

しかし写真となるとどうなのだろうか。

自信がないのかそれとも知り合いに見られることを恐れているのか、マスクやサングラスで顔を隠している写真もあった。その一方でメイクを決めてにっこり微笑んでいる人もいる。

写真で気に入った女性でも、実際に会うと大分違っていてがっかりすることも多いらしい。

しかし髪の毛の美しさを、わざわざ誤魔化す女はいない。

《もちろん問題ありません。私もプロフィール写真の印象とは、ちょっと違うかもしれません》

そういう自分も、プロフィール写真に違う人物を使っていたことを思い出した。

## 僕

でっぷりと太った清子（きよこ）さんが、湯飲み茶わんに急須から日本茶を注（つ）いで僕の前に置いてくれた。

「大学には真面目に行っているの？」

清子さんは僕の保護司で、清子さんの自宅に定期的に呼びだされて面談をすることになっていた。

「はい。前期の成績も良かったです」

保護司は法務大臣から委嘱を受けた非常勤の国家公務員で、犯罪や非行に走った人々を更生させることを任務としている。かかった費用はもらえるが、基本的には無給でボランティアに近い仕事なので、町の世話役や定年退職後のサラリーマン、そして主婦などが保護司になることが多かった。最近はどんどんなり手が減っていて、高齢化が進みさらに女性が増える傾向にあった。

「少年院時代の悪いお友達とは会っていないわよね」

「もちろんです」

少年院で更生しても昔の不良仲間と関わって、再び悪の世界に戻ってしまう者も多い。

「やっぱり大学に進学して正解だったね」

「そうですね」

清子さんは湯飲みのお茶を啜った。毎月のように会っているので、ちょっとした身内のような感覚があった。

「最初はとても怖そうな感じだったけれど、今ではすっかり穏やかになって。これなら安心できそうね」

その時の記憶がなかったので、ヨシハルが清子さんと会っていたのだろう。きっとヨシハルは面倒くさくなって、清子さんと会うのを僕に押し付けたのだと思う。

少年院にいた頃は僕はほとんど出ようとしなかったが、娑婆に戻って色々な付き合いが増えてくると、引き籠もってばかりではいられなかった。

その後、僕とヨシハルの間には奇妙な均衡状態が続いていた。

ご飯を食べたり風呂に入ったり普段の生活は僕が担っていた。大学の授業中は専らヨシハルが受けていて、だから成績はとてもよかった。怪しいアルバイトをやっていることも知っていたけど、それで儲かっているのだから止めることもしなかった。つまり何かとヨシハルの恩恵を受けていたので、お互いになるべく関わりあわないようにしていた。

「翔太君は来月が誕生日だったよね」

「はい、そうですね」

来月で僕は二十歳になる。

「翔太君の場合、成人になるまでが保護観察期間だったから、来月以降はこうやって面談をする必要はなくなるのよ」

清子さんは目の前の湯飲みを口に持っていき、目を細めながら日本茶を美味しそうに啜った。

「そうなんですか」

思わず顔が綻んでしまう。

清子さんに悪い感情は抱いていなかったけれども、やはり保護司に定期的に会いに行かなければならないのは気が進まない。それに保護観察期間中に何か非行為をしてしまえば、最悪少年院に後戻りしなければならない。保護観察期間が明けるということは、犯罪者の執行猶予期間が終了するようなものだった。

「面談は今日で終わりだけど、これからも何か困ったことがあったらいつでも私に相談してね」

俺

有楽町（ゆうらくちょう）駅を降りて、スクランブル交差点の前に立った。大型家電量販店のビジョンの映像を眺めていると、歩行者信号が赤から青に変わり歩行者が一斉に交差点を渡り始める。すぐ目の前のビルの一階に、緑のスターバックスコーヒーの看板があった。

約束の時間一〇分前に待ち合わせ場所にやってきたが、もう明日香はいるのだろうか。店内をざっと見渡すと、一番奥の席に黒髪の女性が座っていた。一瞬、明日香かと思ったが年齢は四〇歳近く、さすがに違うだろう。

「アイスカフェラテのショートサイズ」

俺はカウンターに向かい、緑のエプロンをしたスタッフに注文をする。せわしなく働くスタッフを尻目に、もう一度店内の様子を窺ったが、やはり黒髪の女性は見当たらなかった。

腕の時計を確認すると、約束まではあと五分ほどの時間があった。

俺は飲み物ができるのを待ちながら店の入り口を眺めていたが、やはり明日香らしき女性は現れない。俺のプロフィール写真は別人なので、明日香は俺に気付かないかもしれない。しかしそれは織り込み済みで、もしも明日香が写真通りでなかったら無視して帰ってしまうことも考えていた。

マッチングアプリで、写真と実物の印象が全然違っていることは実によくあることだった。特に女性は写真が悪いと「いいね」がもらえず、せっかくマッチングアプリに登録しても惨めな思いをするだけだった。だから何枚も写真を撮っては、厳選し奇跡の一枚をプロフィールに登録する。

その一方で明日香がプロフィール写真の通りだったら、俺の写真が違っていたことを謝らなければいけない。しかし、何も凄いイケメンの写真を載せたわけではない。後で写真を見返したらおかしいとは思うだろうが、とにかくリアルに目の前にいる男の顔に頭が切り替わるはずだ。

スタッフがプラカップに入ったアイスカフェラテをカウンターに置いたので、それを片手に店の奥に足を進めると、奥に座っていた四〇歳ぐらいの黒髪の女性と目が合った。

まさか、この女が明日香なのか。

ちょっと怖い気がしてきたので、俺は回れ右をして店の出入り口の方に足を進めた。

その時、見事な黒髪をした一人の女性が小走りに店に入ってきた。

「猪俣明日香さんですね」

反射的にそう口にしていた。

確かに明日香には違いなかったが、写真よりもかなり太っていたので、急激にテンションが下がる。

露骨に嫌な顔をしないように気をつけた。

やはりあの写真はどこかを加工していたのか、それとも奇跡の一枚だったのか。

明日香がなかなか俺に会おうとしなかったのは、決して奥手な性格のせいではなく、写真とのギャップがあまりに大きすぎたからだろう。

「浦井光治さんですか？」

最近はMの本名を使うことが多かった。他にも偽名は山のように持っていたが、浦井光治だけは戸籍上の裏付けがあった。逆に佐藤翔太は戸籍上死んでいるので封印していた。

「初めまして」

俺も写真とはだいぶ違って見えるはずだが、明日香はそれほど気にしてはいなそうだ。

軽く会釈をしながら、これからどうしようかと考える。少なくともここで二〇分ぐらい話をしてから別れるのが礼儀だろう。

「遅くなってすいません」

明日香が頭を下げると長い黒髪が大きく揺れて、ココナッツミルクのいい匂いが漂った。

生で見る明日香の髪は最高だった。

「明日香さん。やっぱりきれいな髪をしていますね」

僕

公園のベンチで缶コーヒーを飲みながら、僕は銀行の通帳を眺めていた。

毎月六万円ずつ振り込まれていたチバナオキからの送金が遂に途絶えた。六万円の入金がストップしても、今すぐ生活に困るようなことはなかった。口座には卒業までの授業料を超える金額が残っていたし、ヨシハルのプログラミングのアルバイトも順調そうだった。

しかしもう香苗に、これ以上金を貸すのは難しいだろう。相変わらず二万、三万という少額の金を俺から借りていたし、最近では勝手に財布から現金を抜いているような気がしていた。

「パパ、もっとゆっくり投げて」

声のした方に目をやると、五歳ぐらいの男の子が、父親とキャッチボールをしていた。父親の投げたボールを小さなグローブで取ろうとするが、なかなか上手くキャッチすることができなかった。

一八歳になってもチバナオキからは変わらず送金されていたのに、何があったのだろうか。金が尽きてしまったのか、それとも死んでしまったのか。

僕が二〇歳になったことに何か関係があるのだろうか。

チバナオキが僕の父親ではないのかと思ったことがあった。

親権のない子供に何歳まで養育費を払うべきか。

ちなみに法律的には養育費という言葉はなく、「子供が成人になるまでは両親が話し合って子供の監護に関する費用を負わなければならない」と定められているだけだった。

僕が成人したので送金が止まったのだとすれば、チバナオキが父親である可能性は十分にあった。

そもそもチバナオキとは、一体どんな人物なのだろう。

急にそのことを知りたくなった。

大学の入学金を払う時に、少しだけチバナオキのことを調べたが何の手掛かりも摑めなかった。

ママが死んだ時、死体の引き取りと葬儀を挙げることを拒否した遠い親類は一体どこにいるのだろうか。火葬場で焼きそばパンを奢ってくれたお兄さんに尋ねれば何かがわかるだろうが、お兄さんの名前さえ覚えていないので調べようもなかった。

缶コーヒーを一口飲んで、戯れにスマホの検索アプリに「千葉直樹」と入力して調べてみる。

ネット社会の現代で、チバナオキが生きてきた何かしらの痕跡が見つかるのではないかと思った。

すぐに千葉直樹に関する検索結果が、ズラリと表示される。

ミュージシャン、大学教授、俳優、会社社長、教員、医者など、それなりの有名人物だけでも数人いた。それにフェイスブックなどのSNSも加えれば、さらに多くの千葉直樹が見つかった。

しかし本当は、千葉尚輝や千羽直喜という表記かもしれない。

その一人一人を調べていくのは骨が折れる。

どうにかして、僕の父親である人物のことがわかる方法はないだろうか。

今度は「探偵　人探し」と入力して検索する。

その中で一番上にあった探偵事務所のホームページを開いてみた。

『長い間会っていない家族や知人の所在が知りたい』

『初恋の人の今の近況を知りたい』

『離婚した相手からの養育費の支払いが滞っているので、連絡先を調べて欲しい』

養育費を払っていない人の連絡先がわかるのならば、きっちり払っているチバナオキは簡単なのではないだろうか。

『探したい人の情報は、あればあるほど見つかりやすくなります。
・氏名、性別、生年月日
・探したい人物の写真
・当時の住所、電話番号
・交友関係とその連絡先』
思わず口からため息が漏れた。わかっているのはせいぜい名前と昔の住所ぐらいだった。

『お気軽にお見積もりの相談を！』

そこにはそう書かれていたが、六万円の振り込みが終わってしまった今では、気軽に相談する気分にはなれなかった。

「パパ、取れた！」

子供の声に視線を上げると、小さなグローブの中に白い球が収まっていた。

俺

「何か食べたいものはありますか」

スタバで会った一週間後に、明日香と神楽坂のワイン居酒屋で食事をすることになった。

「特にありません。お任せします」

カウンターに有名ワインの空ボトルがズラリと並んだこの店は、ネットで適当にチョイスした。明日香はこういう店に慣れていないのか、それとも男性と二人で食事をするのに緊張しているのか、ちょっとぎこちない感じだった。

「お店のお薦めは何ですか」

若い女性のスタッフに訊ねながら、明日香の様子を窺った。

「本当に、全部俺が決めちゃっていいんですか。明日香さんは、苦手なものとかありませんか」

「ありません。私のことは全然気にしないでください。すべて光治さんにお任せします」

その瞬間、明日香の性格がわかったような気がした。こういうタイプの女性には、変に気を遣わず、どんどんリードしてあげた方がよい。

「お酒は好きですよね」

「人並みには」

「魚料理が多いから白ですよね。僕は辛口が好きなんで、ソーヴィニオンブランにしますよ」

「それはイスラエルワインですか」

一瞬何のことかわからなかったが、すぐにイスラエルワインに凝っていることという嘘を吐いていたことを思い出した。

「残念ながら、この店にはイスラエルワインは置いていないからね」

そして三〇〇〇円のスペインワインをボトルで頼んだ。

「明日香さんは、旅行代理店で働いているんですよね」

「そうなんです」

「旅行代理店って、大変ですよね」

「そうなんですよ。とにかく忙しいんです。残業も多いし、土日も出社しなくちゃいけないんですよ」

「人がよすぎるんじゃないんですか。周りの人に仕事を押し付けられても、嫌って言えない性格ですよね」

明日香のフォークを動かす手が止まり、目を丸くして驚いたような表情をした。

「どうして会ったばっかりで、そんなことがわかるんですか」

仕事が上手くいっている人は、どんなに忙しくても文句は言わない。忙しいと不満を言う人は、仕事に理不尽さを感じているからだった。大概の場合は、その理不尽は上司や同僚や部下などの他人に原因があった。

「やっぱりそうでしたか。何となくそんな感じがしたんですよ。きっと明日香さんは仕事ができすぎるから、周りの人から頼られちゃうんですよね」

「そんなことないですよ。でも、同僚のどうでもいい仕事を押し付けられることは多いですね」

白ワインを飲みながら明日香はため息を吐いた。

当てずっぽうで言ってみたが、明日香は職場の人間関係で悩んでいた。しかし職場の人間関係がすべてうまくいっている人は滅多にいないので、誰にでもその程度のことならば当てはまる。

「明日香さんて、長女で下に弟がいませんか？」

「そうです」

「やっぱりね。弟がいるお姉さんは、面倒見のいいタイプが多いんですよ。だからそんな仕事でも断れない」

「そうなんですかね。やっぱりそこはきっぱり断ったほうがいいんですかね」

「ケースバイケースだとは思いますよ。だけど明日香さんは結構頑張っちゃう方だと思いますから、不満が爆発する前に上手に断ったほうがいいでしょうね」

「どうしてそんなに私のことがわかるんですか」

「昔、占い師になろうとしていたことがあって、色々勉強したんですよ」

「本当ですか」

　大きく頷いてみせたが、もちろん嘘だ。

　しかし占いというものは、占う相手の性格や未来を当てることよりも、その人の不満や不安を解消してあげることの方が大切であることは理解していた。

「ちょっと手相を見せてもらえますか」

　明日香の両掌を見ながら、真剣な顔をする。

「どうですか？」

「明日香さん、そろそろ運が向いてきそうですね。仕事の悩みもまもなく解決することでしょう」

「本当ですか」

　明日香は目を輝かせた。

「まあ、信じるかどうかは明日香さん次第ですけどね。ところで明日香さんは、その美しい髪の毛をどうやって手入れをしているんですか」

「トリートメントやブラッシングなど、髪の毛には人一倍気を使ってはいますね」

「きれいだ。本当にきれいだ」

　髪を褒めたつもりだったが、明日香は恥ずかしそうに目を伏せた。

「お婆ちゃんみたいでカッコ悪いんですけど、私、夜寝る時はナイトキャップを被ってるんですよ。ナイトキャップは髪の毛にとてもいいんです」

「そうなんですか。初耳ですね」

明日香のきれいな髪の毛にそんな秘密があっただなんて思ってもいなかった。

「人は寝ている時に、二〇回も寝がえりを打つんです。その度に髪の毛のキューティクルがダメージを受けるので、ナイトキャップで保護しなくちゃ駄目なんですよ」

肩を丸めたまま、明日香は長い黒髪を摘まんで自嘲気味に笑った。

「そこまでしないと駄目なんですか？」

「駄目ってわけではないんですけど、髪の毛って爪と同じで死んだ細胞だって知っていましたか」

「いいえ。毎日伸びるのだから、爪も髪も生きているんじゃないんですか」

「髪は死んだ細胞だから、一度傷んでしまったら元に戻すことはできないんです。だからなるべくダメージを与えないようにしないといけないんです。こんな話、興味ありますか」

明日香は心配そうな顔をする。

「いや、面白いです」

「とにかく髪の毛に刺激を与えちゃ駄目なんです。ブリーチやカラーリングを何回もするのはもちろん良くないですし、ゴシゴシ力を込めて頭を洗うのもやっぱり駄目です。乾燥も大敵で私はマイナスイオンドライヤーを使っていますが、本当にこんな話聞きたいですか」

「とても興味深いです。続けてください」

「光治さんって本当に髪の毛の話が好きですね。どうしてですか」

「ええ、まあ。妹のこともありますし」

俺はワインを一口飲んで言葉を濁す。

「妹さんはおいくつなんですか?」

「じゅう……はち、いやきゅうですかね」

宙を見ながら口から出まかせを言った。

「へー、そうなんですか。機会があったら会ってみたいですね」

「そうですね。妹もきっと喜ぶと思います。何しろ明日香さんから教えてもらったトリートメントに、激しく感動していましたから」

「今は大学生ですか。どこの大学に行ってるんですか」

「関西の大学なんですが、あんまり有名な大学じゃなくて……」

あれこれ訊かれてしまうと、思わぬボロが出てしまいそうだ。

「その美しい髪を保つためには、色々な努力が必要なんですね。美容院にはどのぐらいの頻度で行ってるんですか」

「二ヵ月に一回です。髪の毛を褒めてもらって嫌な気はしませんけど、もっと他に私に聞きたいことはないのですか」

そう言われると困ってしまう。

明日香の髪の毛のきれいさに惹かれているだけだった。横から見ると顔のラインが弛んでいるし、鼻の大きさも気になった。どうやってあのプロフィールの写真を撮ったのか、敢えて言うならばそれが一番訊きたかった。

「じゃあ、明日香さんは、お休みの日は何をしているんですか」

グラスに白ワインを注ぎ足しながらそう訊ねる。

「海外ドラマをよく見てますね。最近は韓国ドラマに嵌まっています」

「韓国のドラマって、やっぱり面白いんですか」

「面白いですよ。韓流ドラマって、ちょっとあり得ない設定が多いんですよ。凄いお金持ちの御曹司に一目惚れされたり、宇宙人と人間が恋愛したり、あとお互いの魂が入れ替わったりする話も面白かったです」

明日香は興奮気味にそう言って、グラスのワインを一口飲んだ。

「魂が入れ替わっちゃうっていうのは面白そうですね」

ふと、翔太のことを思い出した。

小森玉枝を殺して以来、翔太は一度も出てきていない。このままずっと出てこないような気もしていた。

「しかもヒロインの女性がたくましいんです。日本のドラマは男性に守ってもらうタイプが多いんですけど、韓国のドラマはヒロインが自ら困難に立ち向かっていくんです。日本のヒロインは清楚（せいそ）でか弱いイメージがありますが、実はそういう風に見せているだけで本当は腹黒いんですよ。確かに韓国はわがままなヒロインが多いですけど、実は情けないところがあったり憎めないところもあるんです」

横顔を見ていたはずの視線が、ついその髪の毛に惹きつけられてしまう。明日香の髪の毛はまるでシルクのようだった。この髪の毛を切ってウイッグにしたらどうなるのだろうか。

「光治さん。私の言うことを聞いていましたか」

「あ、ごめん。ちょっと考え事をしていて……」

髪の毛のことばかり考えてしまって、明日香の話が耳に入ってこなかった。

「釣りとドライブが趣味ってプロフィール欄に書いてありましたけど、釣りにはよく行くんですか」

「月に一回ぐらいは行くかな」

釣りは浦井の趣味だった。車の中に竿（さお）などの釣り道具がそのままあったので、そんな嘘を吐くようになった。

「何を釣るんですか」

しかし竿を振ったことは一度もない。

「ブラックバスが多いかな。丹沢の湖にいい釣り場があって、そこには年間で何回も行くんだ」

死体を埋めるためだったが、丹沢にはよく行っていた。

「ドライブも趣味でしたよね。車は何に乗っているんですか」

上目遣いに明日香が訊ねた。

「ポルシェだよ」

# 七　俺

　週末ごとに、明日香は俺の部屋に来るようになった。最初の内は新鮮で有難いと思っていた。料理を作ってくれて掃除や洗濯もしてくれたので、

「明日香、今日のメシは何？」

「ロールキャベツです」

「ふーん、そんな料理が作れるんだ」

「はい。家で練習しましたから」

　付き合い始めて一ヵ月も経っていなかったが、明日香は俺の言いなりだった。

「ねえ、ちょっと肩揉んでくれる」

「はい、わかりました」

　肩を明日香に揉ませながら、テレビの画面に見入っていた。

　アメリカ大統領選で、ドナルド・トランプがヒラリー・クリントンを破るという

大番狂わせが起こっていた。

『僕は、トランプはサイコパスではないかと思っているんです。実はアメリカ人の四%は、サイコパスという説もあるんですよ』

コメンテーターがトランプの人物像を語っていた。

『しかしサイコパスだからといって全員が殺人者というわけではなく、大きな成功を収めた一流の起業家や、織田（おだ）信長（のぶなが）のような歴史上の人物にもサイコパスは多いんです。彼らは判断力や決断力に富み、脳の恐れを感じる部分の機能が低いので大胆な行動が取れる一方で、興味をなくしたことに関しては極めて冷徹という特徴があるんですね』

まさに自分のことだと感心しながらテレビに見入っていた。

「光治さん、揉み加減は大丈夫ですか」

「いい感じだよ、明日香」

「ねえ光治さん。もう付き合って一ヵ月近く経ちますから、お互いに呼び方を変えませんか」

「そうだな。じゃあ、明日香は俺のことを何て呼ぶ？」

「みっちー、みっくん、とかどうですか」

「うーん、なんかしっくりこないなー。そもそも俺は、ニックネームで呼ばれたことがないからな」

「じゃあ、みつりんはどうですか」

俺がみつりんと呼ばれるならば、明日香のことをあすりんとでも呼ばなければならないのだろうか。そんな子供じみたニックネームを口にするのは嫌だった。

「ご主人様かな」

「へ？」

明日香が素っ頓狂な声を上げた。

「これから俺のことは、ご主人様って呼んでくれる？　なんか、メイドカフェみたいで面白そうじゃん」

「ご主人様ですか。まあ、いいですけど、それじゃあ私のことは、何て呼んでくれますか」

「豚子」

振り返って明日香の顔を見ると目が泳いでいた。

「冗談だよ。明日香は明日香でいいんじゃないのかな」

「そうですか」

明日香は不服そうに呟いた。

「じゃあ、マッサージはこのぐらいでいいから、そろそろ飯の準備をたのむよ」

「はい」

「そうじゃないだろ」

むっとした様な俺の口調に、明日香の動きが止まった。

「はい、わかりました。ご主人様、って言わなきゃだめだろ」

## 僕

「翔太ってさ、私のスマホの中身を見たいと思う?」

ベッドで煙草を燻(くゆ)らしながら、香苗がスマホを片手にそう訊ねた。相変わらず香苗はふらりと僕の家にやってきていた。

「どうしたの、急に?」

「友達がね、カレシにガラケーを見られて、風俗で働いていたことがばれちゃったのよ」

香苗に風俗で働いている友達がいることは初耳だった。

「その友達は、ガラケーにロックをしていなかったの?」

「してたよ。でも暗証番号が自分の誕生日だったの。だからカレシが簡単にロックを外しちゃったの」

ガラケーのロック機能を利用していない人は珍しくなかった。むしろロックをしていると、浮気をしていると疑われることもあった。スマホに変えてからはロックをするのは当たり前になったが、それでも解除する番号は、1111や自分の誕生日ぐらいがせいぜいで、本気でセキュリティーのことを考えている人は少数派だった。

「別に僕は香苗のスマホの中身を見たいとは思わないよ」

香苗は謎(なぞ)の多い女だった。

スマホを覗いて誰かと浮気をしているようなことがわかったら、却って自分を苦しめることになるのではと思った。僕に黙って風俗の仕事をしている可能性だって否定はできない。

「やっぱり翔太はいい子だよね。人を疑わないというか、育ちがいいというか、私、翔太のそういうところが好きよ」

「確かに僕はあまり人を疑わないけど、育ちがいいってことはないよ」

少年院にいたことがあると言ったら、香苗はどんな顔をするだろう。

「それが原因で友達はカレシと別れてしまったんだけれども、これってどっちが悪いと思う?」

「ロックしていたガラケーを見たんだから、明らかにカレシが悪いと思う。だけどカレシに内緒で風俗で働いていたっていうのも、それはそれで裏切りだよね」

「じゃあ、カレシに正直に話してから風俗で働けば良かったたってこと?」

「どうだろうね。それは当事者同士じゃないとわからないから」

曖昧に言葉を濁すしかなかった。

「だけど本当に相談されたらカレシは反対するだろうから何とも言えないね。香苗、まさか風俗で働いていたりしないよね」

「するわけないじゃん」

香苗は視線をそらして煙草の煙を大きく吐いた。

「税理士の学校には行ってるの」

僕は煙草を一本引き抜いてライターで素早く火をつけた。

「行ってるよ」

香苗は面倒くさそうにそう答える。

「友達にそういうことがあったから、私、自分のスマホのロックを解除する暗証番号を変えることにしたの。実は私も今までは自分の誕生日だったからね」

「そうなんだ」

「それで新しく、何の番号にしたと思う?」

香苗の顔を見ながら小首を捻って考える。ちなみに僕のスマホの暗証番号は、自分の学籍番号だった。

「大学の学籍番号かなと思ったけれど、香苗はもうやめちゃったからな。税理士の専門学校の番号とかはあるの？」

「あるけど、それではないよ」

「じゃあ、家族とか友達の誕生日かな」

「違う」

「わかった。好きなアイドルの誕生日だ」

香苗は最近、韓流アイドルに嵌まっていた。そのアイドルのグッズを買うために、かなりの金額をつぎ込んでいた。

「答えは翔太の誕生日でした」

俺

「ちょっと縛ってもいいかな」

明日香を生まれたままの姿にしてから、耳元でそう囁いた。

「え、どういうこと」

「新しい刺激を追求しようと思ってね。明日香が嫌なら止めるけど」

そう言いながらも、首から外したネクタイで明日香の手首を縛りはじめる。

「こういうのって、最近結構流行っているらしいよ。まあ遊びみたいなもんだから」

「ご主人様が、そうしたいのならいいですよ」

明日香は押しに弱い女だった。

ましてやご主人様の俺にそう言われたら、拒否できるはずがないと思っていた。

ネクタイで手首をきつく縛って両手を持ち上げるだけで、明日香の大きなバストを隠す術（すべ）がなくなってしまう。

「恥ずかしぃ」

体をくねらせながら明日香は言った。

「目隠しもするね」

「そんなものまで持ってるの」

「どうせやるなら、本格的にやらないとね」

アイマスクをつけて明日香の視覚を奪う。

「ご主人様はこういうのが好きだったんですね」

「そうだよ。会社を経営しているとストレスが多くてね。俺の友達にもこういうのが好きな奴は結構いるよ」

明日香を四つん這いにさせて、大きめのヒップを叩くと、意外と大きな音がした。

「嫌！」

「豚子のくせに、ご主人様に逆らうのか」

「ごめんなさい、ご主人様」

自分はサディストではないかと思っていた。こうやって明日香をいたぶるのは、それを確認する意味もあった。

「次はどうしてほしい」

「え」

何と答えていいか明日香は躊躇っているのだろう。

「俺に、何をしてほしい」

ＳＭだからといって、叩いたり蠟燭を使ったりすればいいというものではない。それらはよほどの上級者向けで、言葉責めで相手の羞恥心を煽るのが基本だった。

「わかりません」

「わからなくはないだろう。思っていることを言ってごらん」

「言えません」

明日香が上気した顔を左右に振った。

「素直じゃないな。じゃあ豚子のこの恥ずかしい姿を、スマホで撮ってあげよう」

「駄目です」

スマホを片手に持ってビデオ機能をオンにする。

「やめてください」

口では嫌と言いながら本気で抗う様子はない。明日香には、マゾヒストの素質があるような気がした。

「この動画を豚子の会社の人に送ってあげようか」

「駄目です」

「じゃあ、動画を送るのはやめてあげるから、何をしてほしいか言ってごらん」

僕

数日前から、銀行のキャッシュカードが見当たらなかった。

通帳とキャッシュカードは別々のところに保管してあって、金をおろす時以外は持ち歩かないようにしていた。キャッシュカードは二週間前にいつものところにしまったはずなので、家の中にあるのは確かだと思っていた。しかし家中を隈(くま)なく探してもキャッシュカードが見つからなかった。

そして手持ちの現金が底をついてしまった。

「すいません、キャッシュカードを持ってきていないのですが、通帳だけでもお金を引き出すことはできますよね。印鑑と身分証明書は持っています」

昔、母親の通帳だけ持って、同じように窓口に行ったことを思い出す。

あの時は月六万の養育費が何年間分も貯まっていて、九死に一生を得た気分だった。

「それならば大丈夫ですよ」

紺色の制服を着た若い女性がにっこりと微笑む。

「まずは書類に必要事項をお書きになってください」

口座には二〇〇万円ほどの金があったはずだが、当面の生活費として三万円だけ引き出すことにした。

すぐに書類を提出して、窓口で名前が呼ばれるのを待った。

振り込め詐欺が急増していて、銀行内にもそれらを防止する警察のポスターや銀行独自の注意喚起のための紙が貼られていた。

まだ午前中なのに窓口には順番待ちの人が多く、なかなか名前が呼ばれない。

僕はスマホを取り出して、ロックを解除するために大学の学籍番号を入力する。

そして名前が呼ばれるまで、スマホでニュースやSNSをチェックしながら暇をつぶした。

「佐藤翔太様、二番窓口までお越しください」

やっと名前が呼ばれたので、スマホを閉じて窓口に向かった。

「佐藤様。残高が足りませんでした」

一瞬、窓口の女性が何を言っているのか理解できなかった。

「そんなことはないでしょう。たったの三万円ですよ。残高は二〇〇万円ぐらい残っていたはずです」

窓口の女性は目を瞬かせて端末を見た。

「ここ数日で口座から一九〇万円ほど引き出されていますが」

一瞬、耳を疑った。

「どういうことですか」

「先週の月曜日にお茶の水支店で五〇万円、火曜日に中目黒支店で五〇万円、そして水曜日に西新宿支店で五〇万円、そして木曜日に新橋支店で四〇万円引き出されていますね」

もちろんそんなことはしていない。

紛失したと思っていたキャッシュカードは誰かに不正に使われて、僕の全財産をしかしキャッシュカードだけ盗んでも、銀行口座の暗証番号がわからなければATMから金を引き出すことはできない。

銀行口座の暗証番号は、僕の学校の学籍番号だった。

香苗と暗証番号について話したことを思い出した。家の中にあったキャッシュカードを盗み出し、その暗証番号を操作して金を下ろせる人物は、香苗以外には考えられない。

すぐにスマホを取り出し香苗の携帯に電話を掛けた。

『お掛けになった電話番号は、現在使われておりません』

俺

「ご主人様。どうしてこのトリートメントがここにあるんですか」

バスタオルで髪を拭いている明日香にそう訊ねられた。明日香に教えてもらったトリートメントを自分で試し、そのままバスルームに置きっぱなしにしていたことを忘れていた。

「この前、妹が来たんだよ」

咄嗟にそんな嘘が出た。

俺は整理整頓が苦手なタイプだった。

目的のために集中しているときは、些細なミスも見逃さない自信があったが、全てが面倒くさく思えてしまう。

「本当に妹さんですか」

明日香は他の女の存在を疑っているようだった。

「もちろんだよ」

さすがに今は使っていなかったが、男の俺がそれを愛用していたとは思わなかったようだ。

「ご主人様、妹さんにはいつ会わせてくれるんですか」

「今度、電話した時に聞いてみるよ」

小さな嘘にまた新たな嘘を重ねてしまう。

「ご主人様にはご両親がいないじゃないですか。だから唯一の肉親である妹さんには、会っておきたいんです。お願いします、ご主人様」

明日香は腰のエプロンを広げて微笑んだ。

最近では家では必ずメイド服を着るようになり、明日香自身もメイドごっこを楽しんでいるようだった。メイドになって掃除や洗濯をしてくれる明日香の存在は有難かったが、ちょっとずつ何かが破綻し始めていた。

「ご主人様。どうしてこの部屋には、色々な名前で郵便物が届くんですか」

浦井が使っていた多くの偽名当てのダイレクトメールが、この部屋宛てに配達されていた。

「それは前にここに住んでいた住人のものなんだよ」

「女性宛ての郵便物もありましたよね」

池上聡子宛ての郵便物は郵便局に連絡をして、この部屋に送られるようにしていた。

「ここにその女性も住んでいたんですか」

かつてこの部屋で、聡子と俺が同棲をしていたと疑っているのだろうか。

「どうだろうね」

「私が不動産屋さんに行って、その女性の住所を調べてきましょうか。転送してあげた方がいいですよね」

だんだん明日香が疎ましく思えてきた。

いっそ殺してしまおうか。

そしてその髪の毛でウイッグを作って、自分で被ったらどんな気分になるだろう。

人の髪でウイッグを作る場合、髪を薬品で処理すれば簡単に作ることができる。しかし薬品はキューティクルを剝がしてしまうので、せっかくきれいな人毛でウイッグを作っても、すぐに傷んでしまうし何より美しくない。しかし金さえかければ、薬品を使わず職人が一つひとつ丁寧に手作業をしてくれる工房が見つかった。

「ところで明日香、いくらお金をもらえたら、その髪の毛を切ってもいいと思う」

「どうしてそんなことを訊くんですか」

「俺の知り合いが人毛で作ったウイッグを探していてね、明日香のその髪の毛だったらかなりの金額で買い取るって言っているんだよ。例えば一〇〇万円出すって言ったらどうする？」

明日香は首を傾げて考える。

「その場合、そのウイッグはどなたが被るんですか」

「そこまでは聞かなかったけれど」

まさか俺のコレクションにするとは言えなかった。

「じゃあ、お断りします」

「例えば三〇〇万円だったらどう？　三〇〇万円と引き換えに、その髪の毛をもらうことってできないかな？」

「いくらお金をもらっても駄目です。髪は私の命ですから」

「だけど切ってもいつかはまた生えてくるんだよ。だったらそれなりの金額だったら売るって言うのもありなんじゃないの」

俺は明日香の髪を摘まんで鼻先にあて、ココナッツミルクの匂いを堪能する。

「いや、やっぱり無理です。この髪を失うぐらいだったら死んだほうがましです」

そうなると、やっぱり明日香を殺すしかないのか。

きれいな髪の毛をしているが、それ以外は性格も外見も明日香は俺の好みのタイプではない。

「ところでご主人様。どうしてこの部屋には何個も携帯電話があるのですか」

携帯は見つからない様に用心して、押し入れの奥に隠しておいた。

「どこで見たの」

「押し入れの中から携帯の音が聞こえてきたから、見たら中にカバンがあってそこにたくさんの携帯があったんです。ご主人様、あの携帯は全部ご主人様のものなんですか」

「そうだよ。セキュリティーの仕事をしていると、携帯は一つでも多い方がいいからね」

貯金がATMから不正に引き出された場合、被害の全額または一部を金融機関が補償することになっていた。しかし暗証番号を他人に知らせるなどの重大な過失があった場合は、補償の対象にならない場合や補償が減額されることがあった。

僕はいきなり窮地に追い込まれた。

騙し取られた金が返ってきてもこなくても、大学の授業料を納めなければならなかった。その支払期限がいよいよ明日に迫っていた。

このままだと授業料が払えない。

すぐに奨学金のことを調べてみた。

しかし奨学金は年に一、二回しか申し込めるタイミングがなく、しかも選考に時間がかかりそうなので、明日に迫った支払期限には間に合わない。

スマホで調べていくうちに、学生でも早く簡単に金を借りられるローンがあることを知った。ホームページもしっかりしていて、闇金などの怪しい金融機関には見えなかった。

『あなたの年齢とアルバイトなどの年収、そして他社からの借り入れ金額を教えてください』

「年齢は二〇歳です。年収は四〇万円ぐらいです。他から借金はしていません」

居酒屋のバイトは辞めてしまったが、短発のアルバイトなどでそのぐらいの金額は稼いでいた。

『車のローンなどはないですか。またスマートフォン本体の分割払いも借金扱いになります』

車は持っていなかったし、スマホ本体の残金はあったけれども金額はそれほどでもなかった。

『それならば融資は可能です』

「大学の授業料として、五〇万円ほど貸してほしいのですが」

『申し訳ありません。法律で貸し付けられるのは、あなたの年収の三分の一までなんですよ。ですので年収四〇万円ならば、一三万円までお貸しできます』

そんな金額では全然足りなかった。

『アルバイト以外の収入はありませんか』

ヨシハルがネットのバイトで小銭を稼いでいたことは知っていた。それを全部入れれば、年収は一五〇万円ぐらいにはなる。

「その収入を証明するものは必要ですか」

しかしヨシハルのバイトは仮想通貨で受け取るので、支払調書のようなものはない。

『二〇歳になっていれば収入証明は不要です』

それならば、年収一五〇万円と自己申告して授業料分の五〇万円が借りられる。

「明日までにお金が借りられますか」

ちなみに金利は一七％だった。

『審査は今日中にできますから、早ければ今日にもお貸しできます』

## 俺

「俺は君には相応（ふさわ）しくない男だと思う。このまま付き合っていても二人の未来はないと思うから、お互いのために別れよう」

俺は別れ話を切り出した。

ＳＭやメイドごっこはそれなりに面白かったが、髪以外は明日香を好きになれなかった。

「ご主人様、私のどこが悪かったんですか。直すべきところがあれば直しますから言ってください」

「いや、君は全然悪くないんだ」

明日香は真剣に結婚相手を求めて、あのマッチングアプリに登録した。しかし俺は結婚をしたいなどと思ったことはなかったし、今までやってしまったことを考えれば結婚なんかできるはずがない。

明日香はまだ二八歳だ。

俺と別れて婚活を再開すれば、きっと幸せになれるはずだ。

「他に好きな人でもできたんですか」

「いや、そんなことはないんだけど」

「じゃあどうして。どうして別れるなんて言うのですか」

何度か別れ話を持ち出しても、明日香は納得してくれなかった。

「私、絶対に別れたくないです」

どうすれば、明日香は俺と別れる気になってくれるだろうか。

今ではＳＭごっこが仇（あだ）になり、明日香の中で俺の依存度が高まっていた。恋愛は洗脳の一種だと思っていたが、ＳＭごっこはそれを凌駕（りょうが）する強力な洗脳だった。俺がかけてしまった洗脳を解いてあげなければ、明日香は俺と別れられない。

明日香を殺してその髪の毛でウイッグを作ることも考えた。

しかしそんなことのために、危険を冒すのは割に合わない。それに最近は情みたいなものが湧いていて、好みでないとはいえ明日香を殺してしまうのは可哀想だと思うようになっていた。

「実は会社の経営が上手くいっていないんだ」

明日香に限らず、女は俺の金や車やステイタスに惚れていることは知っていた。他に好きな女ができたと言えば感情的にさせてしまうが、俺のステイタスが低下すればあっさり納得してくれるのではないだろうか。

「え、そうなの」

案の定、明日香の口調が急に変わった。

「一億円を超える負債があって、自己破産しなくてはいけないかもしれない。ポルシェも処分することにした」

「一億円も」

明日香は虚ろな目をして俺を見た。

「そのつなぎ資金を融資してもらうために、連帯保証人を探しているんだ。明日香の知り合いで誰か連帯保証人になってくれそうな人を知らないか？」

「急に、そんなことを言われても」

「じゃあ、明日香が保証人になってくれないか」

「そんなの無理です」

明日香は首を左右に振った。

「俺の会社がそんな状態だから、明日香とこのまま付き合っていても結婚なんかできないと思う」

明日香は唇を嚙みしめる。冷静に考えれば、このまま俺と付き合っていてもメリットがないことはわかるはずだ。

「でもご主人様はまだ若いから、なんとかなるかもしれないじゃないですか。ここは二人で力を合わせて頑張りましょう」

明日香が思いもよらないセリフを吐いた。

本気で言っているとは思えなかったが、ずるずると関係が続くのは面倒だ。

「実は今まで内緒にしていたけど、俺は少年院に入っていたことがあるんだ」

犯罪歴を白状すれば、明日香も諦めるに違いない。

「少年院？　一体何をやったんですか」

明日香の目の奥に恐怖が宿った。

「殺人事件だよ」

「嘘じゃないよ。その時はまだ未成年だったけれど、俺は一人の女性を刺殺した」

「本当に？　詐欺事件じゃないんですか」

「どうしてそんなことを聞くの？」

「じゃあ、これは何。何のためにこんなものが必要なんですか」

明日香はテーブルの上に、偽造免許証をずらりと並べた。

「あなたの本当の名前は何ですか」

「嘘！」

## 八

### 俺

俺は浦井のマンションを引き払った。

万が一、浦井や明日香の死体が見つかった時に、このマンションの防犯カメラが調べられる恐れがあったからだ。

新しく別の偽名で葛飾区にアパートを借りた。

そこは家賃六万円にもかかわらず、キッチン以外に部屋が二つもある格安物件だった。もちろんそこには防犯カメラなど設置されていない。そしてポルシェも売却した。また浦井と聡子の口座にあった金も少しずつ引き出して、別名義の口座に移した。

宮本まゆ、浦井光治、池上聡子、小森玉枝、そして新たに猪俣明日香。その五人の携帯電話が手元に残った。

その中で浦井のスマホだけ川に捨てた。

昼の職業に就いていなかった三人の女は比較的楽だったが、明日香は少し厄介だった。職場にきちんとした欠勤の連絡をしなければならなかった。

しかし、どうして明日香を殺してしまったのだろう。

複数の偽造免許証を見られたので、俺が詐欺か何かの違法行為をしていたことはばれてしまった。しかし、さっさと別れてしまえば、いずれは俺のことなど忘れてしまうだろうし、万が一警察に通報されても何か証拠を握られたわけでもない。

咄嗟のことに動揺したのか、衝動的に人を殺したくなってしまったのか。

どうかしていたとしか思えない。自分で自分をコントロールできなくなったというか、今でもあの時の自分をうまく説明できなかった。

《体調が悪くて病院に行ったら、婦人科系の病気が見つかりました。暫く会社を休ませてください》

明日香の職場の上司にそんなＬＩＮＥを送った。

《それは大変ですね。仕事の引き継ぎ事項を教えてください。こちらで何とか対応します》

そんな返信が届いたが、さすがに何も答えられない。

《急遽、入院して明日にでも手術をすることになりました。暫くメールができないかもしれません》

苦し紛れにそんなＬＩＮＥを返信した。

《大丈夫ですか？　お見舞いに行きたいのですが、病院名を教えてください》

明日香の職場の上司は部下思いの人物のようだ。

電話もしないで、いきなりメールだけで職場を去るのは、さすがに無理があるだろう。しかしいつまでも病気を理由にしていたら、職場の上司は心配になって明日香の母親に連絡してしまうかもしれない。

そうなったら全ての嘘がばれてしまう。

《今度、海外旅行の担当になりました。早速来週からタイに一週間行ってきます。タイはワイファイがあまり繋がらないらしいので、暫くの間連絡が途絶えてしまうかもしれません》

明日香の母親にはそんなメッセージを送った。

《夢が叶ってよかったね。昔から海外に行く仕事がしたいって言っていたからね》

派遣社員の明日香が海外に行くのはちょっと無理があると思ったが、鹿児島の母親は何の疑いも抱かなかった。そこで海外のお土産が買える通販サイトでタイ産のナタデココ入りマンゴープリンを取り寄せて、母親に送ってあげることにした。

今後は徐々に海外にいる時間を長くしていき、最後は現地で結婚するというストーリーを考えた。それで鹿児島の母親は騙せても、派遣会社の担当者や派遣先の旅行会社の上司はそう簡単にはいかないだろう。

「もしもし、私、猪俣の弟ですけども、姉の病気の件でお伝えしなければならないことがあるのですが」

明日香が登録している派遣会社に電話を入れて、担当者に面会を申し込んだ。

グレーのスーツに紺のネクタイを締めて派遣会社を訪れた。スーツに袖を通すことなど、会社を辞めて以来のことだった。

会議室に通されて、髪の毛を七三に分けた担当者の名刺を受け取った。俺は東証一部に上場している大企業の会社名が入った偽の名刺を差し出した。

「どうぞお座りください」

会議室の青い椅子に腰を掛け受け取った担当者の名刺を机の上に置くと、担当者も同様に俺の偽名刺を机に置いた。

「お姉さんの具合はどうなんですか。ＬＩＮＥで連絡を受けてましたが、電話が繋がらないので心配していたんです」

「婦人科系の病気とお伝えしたと思いますが、実はガンだったたんです」

伏し目がちで、精一杯神妙な表情を作った。

「ええ、そうなんですか」

担当者はわかりやすく狼狽えて、甲高い声を出した。

「病院はどちらですか。できればお見舞いに伺いたいのですが」

そう言われることは想定していた。

「そうおっしゃっていただけて姉も喜ぶかと思いますが、実は放射線治療をやり始めて、頭髪が全くないんです。あれだけ髪の毛のことを大切に思っていた姉でしたからもう大変なショックで、完治するまでは誰にも会いたくないと言っているんです。だから入院している病院の名前も、お伝えしないように言われています」

「そうですか。確かに猪俣さんは美しい髪の毛をされていましたからね。さぞかしショックなことでしょう」

「食事も喉を通らないのですっかり痩せてしまいました。何とか快方に向かってくれればいいのですが」

「そんなに良くないのですか」

俺は左右に首を振った。

「お医者さんには、覚悟をしておけと言われました」

担当者は思わず息を呑んだ。

「一応、姉からこれを預かってきました」

内ポケットから退職願と書かれた封筒を出して机の上にそっと置いた。

「もう仕事に復帰することは難しそうですし、皆さんにご迷惑をかけるのは忍びないと言っていました」

派遣社員なので退職願は必要ないとも思ったが、とにかく文書で仕事を続ける意志がないことを伝えておきたかった。そうしておけば、何度も担当者と会って俺の顔を覚えられる心配もない。

「わかりました。残りの給与や保険料の計算はどなたにお伝えすればいいですか」

「全て私の方にお願いします。そこのメールアドレスに連絡をください」

机の上に置かれた偽名刺を指さした。

「それからもしも姉の件で実家の母から連絡があったら、適当に受け流してくれませんか」

「それはどういう意味でしょうか」

「鹿児島に住んでいる母が姉の病気の件で大変なショックを受けてしまい、認知症というか、ちょっと精神的におかしくなってしまったんです」

担当者の眉間に皺が寄った。

「母は姉がガンになり余命も短いという現実が受け入れられなくて、なぜか姉は海外旅行の担当になって世界中を飛び回っているという妄想を抱いているようなんです。母の心境を思えばそれはしょうがないことなんですけど、万が一職場に電話が掛かってきたらうまく話を合わせておいてほしいんです」

こう説明しておけば、鹿児島から変な連絡があっても驚かれることはないだろう。

「わかりました。もしもお母様から派遣先の会社に電話が入っても、私の方でうまく対応しておきますから」

担当者は神妙な顔をして、そう約束してくれた。

面談を終えた後に、明日香に成りすまして駄目押しのLINEを送った。

《私のことで色々とご迷惑をお掛けしました。暫くは治療に専念しますので、連絡が通じないかもしれません。何かありましたら弟に連絡を取ってください。よろしくお願いします》

僕

「佐藤君が少年院にいたっていうのは本当かね」

何度も面接で落とされた後に、やっと小さなIT企業で採用がもらえた。しかし入社早々、人事部長に呼び出された。

「それが本当だと、何か問題ありますか」

狭い会議室で人事部長と相対した。紺のネクタイをきっちり締めた部長は、口をへの字に曲げてうめき声をあげた。

「あるに決まっているだろう」

「部長、少年院は刑務所じゃありません。少年院は前科がつかないから、犯罪を犯したことにはならないんです」

「そういう問題じゃないよ。未成年だから前科がつかないだけだろう。やってしまったことは刑務所に行ったのと同じぐらいの重罪だからね。取引先とかに知られたら我が社の信用にも関わるだろうし、社員も一緒に机を並べて仕事する気にはなれないだろう」

だったら採用の時に、きちんと調べておけばいいのにと思ってしまう。

「とにかく我が社としてはそういう人物は採用できないから、入社辞退ということにしてくれないかな」

「少年院にいたことを理由に社員を首にすることはできないと聞きました」

刑務所に入ると前科がついてしまうので、履歴書には書かなければならなかったが、未成年の少年犯罪は経歴に書く義務はなかった。

みるみるうちに部長の顔が青ざめる。

「別に君が少年院にいたから首にするわけじゃない。我が社は入社して半年間は試用期間だから、君がうちの会社にふさわしくないと総合的に判断した結果がこれなんだ」

部長はあっさり前言を撤回する。

「でも僕は遅刻や欠勤をしたわけではありませんし、そもそもまだ入社して二週間しか経っていません」

もしもこの会社を首になったら、第二新卒の試験を受けなければならない。しかし最初の会社を数週間で首になったという事実は、決してプラスにはならないはずだ。

「それはそうだが、やはりこういう大事なことは、面接の時に言っておいてもらわないと。お互いの信頼関係が成立しないからね」

「それを黙って面接を受けても学歴詐称にはならないと弁護士の先生からも聞きましたよ」

「ちょっと待ってくれ。まさか君のバックには弁護士がいたりするのかね」

「さあ、どうでしょうか」

実際はネットで調べただけだったが、法律事務所のホームページにも書かれていたので、間違いはないだろう。

「どうしてもとなったら裁判ということになるだろうが、そうなるとお互いに気まずいし、どっちが勝っても会社には居づらくなると思わないか」

小さな会社なので、確かに部長の言う通りだろう。

「佐藤君。これは社長の決定でね。私にはどうしようもないんだよ」

禿げ上がった頭を撫でながら、小さな声で部長は言った。

オーナー社長のワンマン経営なので、会社では社長の言うことは絶対だった。入社してからそのパワハラ的な企業文化に気付いて、入る会社を間違ったかなとは思っていた。

「佐藤君、何とかここは穏便に収めてくれないかな」

この会社を首になったからといって、すぐに路頭に迷うことはない。

相変わらずヨシハルのアルバイトは順調で、この会社の給料以上の金額が銀行口座に振り込まれていた。しかしそのアルバイトは非合法のものばかりで、それを生業とするわけにはいかないだろう。

「佐藤君、この通りだ」

部長が大きく頭を下げたので、禿げ上がった頭頂部が丸見えになってしまった。

「いきなり首は酷いんじゃないんですか。僕が何か大きな問題を起こしたわけでもないですから」

試用期間中だからといって、簡単には社員を首にはできないはずだ。

「社長が決めてしまった以上、もうどうしようもないんだよ」

これは本当に裁判でもしなければ、埒が明かないのかもしれない。

「もう明日から出社しなくていいから、今日中に退職願を出してもらえないかな。その代わり今月分の給料は全額出すから」

「ちょっと待ってください。そんなの一方的すぎますよ」

「わかった。じゃあ三ヵ月分で手を打ってくれないかな」

部長の中では、もはや僕が辞めることは前提のようだった。

「お断りします」

部長はますます困った顔をして、何度も頭を捻った。

「ちょっと席を外してもいいかな」

そして突然そう言い残して会議室を出ていった。

きっと社長に相談に行ったのだろう。僕は一人取り残されて、かっとなってしまった頭をクールダウンさせる。

少年院にいたことがばれて、職場を追われるのはよくある話だった。

僕の場合は大学を卒業し、しかもプログラマーとしての採用だったので、少年院にいたことが問題になるはずがないと高を括っていたところもあった。

しかし、こうなってしまうと不安になる。少年院にいたというだけで、僕の行動は色眼鏡で見られてしまうだろうし、成果を上げても評価がねじ曲がってしまうかもしれない。

それにヨシハルの存在が不安だった。

僕自身はトラブルを起こさない自信があったが、ヨシハルが表に出てきて会社とトラブルを起こしてしまうかもしれない。このまま意地を張り続けて会社に残るのも、決して得策ではないような気がした。

やがて部長が戻ってきて、目の前の椅子に腰を下ろした。

「佐藤君。給料は六ヵ月分出せることになったよ」

## 俺

新海誠監督の映画『君の名は。』を映画館で鑑賞した。

昨年八月の公開直後にもこの映画を見たのだけれども、体と心が入れ替わるという設定と、色々なところに張られている伏線が面白すぎて、同じ映画なのに観るのはこれで三回目だった。同じように複数回見た人も多かったようで、公開後五ヵ月になろうとしていたが、『君の名は。』は未だに興行収入ランキングの上位に入っていた。

映画館と同じビルにあるコーヒーチェーン店で、俺はカフェラテを飲みながらスマホをチェックしていた。午後四時を回っていたが店内は比較的すいていた。店の中には七人ほどの客がいたが、話に熱中している女子大生風の三人組以外は、みんなスマホをいじっていた。

そして俺もスマホで美人の画像を物色していた。

これは趣味と実益を兼ねた作業で、こうやって探し出した美人の写真でSNSのアカウントを作り、「友達登録」をかき集める。友達登録さえしてくれれば、フィッシング詐欺を仕掛けたり、ダークウェブで手に入れたコンピューターウィルスで、スマホやパソコンを乗っ取ることもできた。何年後かには通用しない方法かもしれないが、欧米に比べるとこの国はセキュリティーの意識が低いので、こんな単純な手法でもコンスタントに金を稼ぐことができた。

何枚かの美人の画像をコピペしているうちに、SNS上の長い黒髪に目が留まった。一瞬、タレントなのではと思ったが、プロフィールを見る限り一般人のようだった。

名前には「西野真奈美（にしのまなみ）」と書かれていた。

長い黒髪と対照的な透き通るような白い肌、そして少したれ気味の大きな目にハートを撃ち抜かれた気がした。

すぐにプロフィールをチェックする。

山形県の高校を出てJ大学の国際関係学科を卒業していた。英検一級と秘書検定一級を持っていて、今でも秘書の仕事をしているようだ。

アップされている写真を見ると、旅行やレストラン、コンサートや野球観戦などで充実した日常が伝わってきた。西麻布や六本木のイタリアンによく行っていて、韓流男性ユニットのファンで、去年韓国にも行っている。好きな球団はヤクルトスワローズで、いくつかのヨガサークルをフォローしていた。代官山のカフェと渋谷のパン屋さんに「いいね」を押してあった。

年齢は二七歳。誕生日は二月二四日なので魚座になる。

詳しいことが書かれていなくても、ＳＮＳ上の情報と写真だけでかなりの個人情報を特定することができる。

真奈美が写真を載せているところが多いのは、渋谷、青山、表参道、代官山、西麻布、広尾、自由が丘など、山手線西側のおしゃれエリアが多かった。さらにある写真に写り込んだ電柱の住所に大岡山の住所が書かれてあった。

真奈美の住所は東急電鉄目黒線の洗足駅、大岡山駅、奥沢駅、または大井町線の北千束駅、緑が丘駅、そして自由が丘駅のいずれかだ。また青山と表参道でランチを取っている写真が多かったので、職場はその近辺だと思った。

花火や桜、そして雪や台風など季節や天気の写真はヒントが満載だ。

大岡山にある東京工業大学（とうきょうこうぎょう）は、知る人ぞ知る花見の名所だった。昨年の春に真奈美は無邪気に桜の写真を投稿していたが、校舎の形からそれが東工大の桜であることは一目瞭然だった。

花火はどちら側の方角に映るかで、撮影した場所が分かる。タワーマンションから撮ったりすると、その部屋番号までわかることもあった。局地的に降る雪や雨、台風なども、気象情報がピンポイントでわかるようになったので、場所の特定に使えるようになってきた。

しかしそう簡単には、お友達になれそうもなかった。

《お友達申請は、お仕事関係の方や実際にお会いした方に限らせていただいています。ご理解いただけますと幸いです》

最初は遊びのつもりだった。

しかし真奈美のSNSを眺めているうちに、色んなことがわかってきたしもっと知りたいと思ってしまった。

真奈美は週末ごとに、美味しそうなレストランの料理の写真をアップしていた。どれも高そうな料理だったので、女友達と食べたものとは思えない。おそらくその食事を奢ってくれた人物と、真奈美は恋愛関係にあったはずだ。

しかし二ヵ月ほど前から、そんな写真がアップされなくなった。

恐らくその男と別れたのだろう。その後は女性の友人と一緒にいる写真や、人気のタピオカ店の写真が増えた。

タピオカの表面は反射しやすいので、周囲の建物が写り込むことがあった。真奈美がSNSに上げたタピオカ店は、自由が丘にあることがわかった。休日にこの店を張っていれば、いつかは真奈美に会えるかもしれない。

しかし今週の水曜日に、新しくレストランの写真がアップされていたのが気になった。

真奈美ほどの美人を、男たちが放っておくはずがない。真奈美は新しい男とデートをしたのかもしれない。新しく恋人ができてしまえば、日曜日の午後に自由が丘にタピオカを飲みに来ることはなくなるだろう。

SNSに表示された真奈美の写真をじっと見る。

その魅力的な黒髪に惹きつけられる。そして目と唇、つんとした高い鼻、真奈美を直に見てみたい衝動にかられる。

秘書という職業にも興味が湧いた。

今まで俺の周りにはガサツな女が多かった。自殺した母親が最たるものだが、ロクな女がいなかった。しかし秘書検定一級を取得している真奈美と交際することができれば、俺も何かに変われるかもしれない。

## 僕

「すいません。さきほど電話した佐藤ですが」

僕は新宿の雑居ビルの中にある探偵事務所の扉を叩いた。

会社を辞めて、急に時間ができたので何をするべきか考えた。半年分の給料はもらったし、さらにヨシハルの闇アルバイトの金もあったので生活するには困らなかった。

銀行通帳に記帳された残高を見ているうちに、ふとチバナオキのことを思い出した。

僕が二〇歳になるまで口座に現金を振り込み続けてくれたチバナオキは、一体何者だったのか。

チバナオキは、自分の父親ではないのだろうか。以前、探偵事務所に調べてもらおうと思ったけれども、その時は金がなくて諦めた。

しかし今、口座には半年分の給料が振り込まれていた。

「どうぞこちらに」

事務所の奥のソファーに通された。

探偵事務所に来たのは初めてだったが、ここは個人経営らしくデスクと椅子が置かれた小さなオフィスのようなところだった。

「失礼します」

二〇歳前後の可愛い茶髪の女の子が、紙コップに入った日本茶を運んできた。

「初めまして。探偵の粕谷（かすや）です」

眉毛の濃い小太りの男が笑顔で名刺を差し出した。立ち上がってその名刺を受け取ると、『日本探偵協会　探偵　粕谷信一郎（しんいちろう）』と書かれていた。

「すいません。僕は名刺を持っていないのですが」

会社から支給された二〇〇枚の名刺は、退社が決まるとシュレッダーで処分された。

「大丈夫です。どうぞお座りください」

ソファーに腰を下ろすと、粕谷の後ろの壁に額に入れられた『日本探偵協会　上級探偵調査員』の認定証が目に入った。

「人探しのご依頼でしたよね」

電話で事前に依頼の内容は伝えてあった。

「チバナオキという人物が、今どこで何をしているかを調べてほしいのです。その人はひょっとすると、僕の父親かもしれません」

　市役所に行って取り直した戸籍謄本を粕谷に見せた。

「なるほど。佐藤さんは戸籍上お父様がいらっしゃらないのですね。お父様と最後に会ったのはいつですか」

「父に関して一切の記憶がないんです。子供の頃から『死んだ』としか聞かされていなくて、さらに母が死んだ後は施設に預けられてしまったので、父に関しては何の情報もありません。だけど何の関係もない人が、二〇年間にわたって毎月お金を振り込んでくれるはずがありませんよね」

　送金の記録が残っている銀行の通帳を粕谷に見せた。

「佐藤さんには、親類の方はいらっしゃるのですか」

「母が死んだ時、遠い親戚が母の遺体の引き取りを拒否したと、市役所の職員から聞きました。だから遠い親戚がいるのは間違いないです」

「写真もないのですか」

「ありません」

　粕谷は机の上に置かれた戸籍謄本と銀行の通帳を見比べて、大きく腕を組んで渋い顔をして考え込んだ。

「戸籍謄本に書かれた佐藤さんの本籍地に行ったことはありますか」

本籍地は神奈川県海老名市だった。

「親族のことが知りたくて、一度だけ行ってみたことはあります。しかし既に建物は取り壊されていて、何もわかりませんでした」

大学に入学した頃に、本籍地の住所を訪ねたことがあった。そこには新しい大きなマンションが建っていて、管理人に色々訊ねてみたが、僕の親族のことは一切知らなかった。

「このぐらいの情報しかありませんが、これで調べることはできますか」

「うーん、これはやってみないと何とも言えませんね」

粕谷はソファーの背もたれに体を押しつけて宙を仰いだ。

「そうですか」

僕もソファーにもたれかかって宙を仰いだ。

チバナオキのことを調べて、今さら僕は何を知ろうとしているのか。

こんなことに金と時間を使っていないで、さっさと次の就職先を探した方がいいのではないか。

「まずは人探しに関する料金システムをご説明しますね」

粕谷がソファーに座りなおして前のめりになったので、僕も浅く座りなおした。

「浮気調査でも人探しでも同じなのですが、探偵事務所が調査をお受けする場合、着手金と成功報酬の二つの名目で料金をいただきます。成功報酬は今回の場合、佐藤さんのお父様の近況と連絡先がわかることですが、もしもわからなかった場合はいただきません」

　僕は黙って首を縦に振った。

「次に着手金、事務所によっては基本料と言ったりすることもありますが、これはまずは最低限の調査費用だと思ってください。独自のネットワークや、最近ではSNSから対象者が見つかるなんてこともあります。そのためにまず一週間ぐらいで基礎的な調査をします。それでも見つからなければ、佐藤さんの本籍地の海老名市で聞き込みを行ったり、母方の親戚を探す作業をすることになると思います」

「それで費用はどのぐらいになりますか」

「実際に見積もりを出してみないとわかりませんが、基礎的な調査で一〇～一五万円、もう少し踏み込んだ調査で二〇～二五万円ぐらいですかね。それでお父様が見つかれば、同じぐらいの金額の成功報酬をいただくことになります」

　そのぐらいの金額ならば払えないことはない。それにこれは、何かのけじめだと思っていた。新しい自分になるために、自分のルーツをしっかりと確認しておきたかった。

「粕谷さんお願いします」

「わかりました。しっかり調べさせていただきます」

俺

コーヒーチェーン店でカフェラテを飲みながら、真奈美のSNSのページを開いた。

このSNSは本名でなければ登録できない。創業者が大学在学中に立ち上げたこのサービスは、もともとはアメリカの有名大学の学生同士がネット上で繋がることを目的に作られた。日本ではLINEがかなり普及してきたが、日本でも有名大学を卒業している人、特に留学経験のある人たちはこのSNSを積極的に利用していた。

真奈美は知り合いではない人物の友達申請を拒否していた。

しかし真奈美がどこかでリアルに繋がっていた人物に成りすませば、友達登録をしてくれるということだった。

真奈美が許可した友達たちのページまで飛んで、その人物のプロフィールやアップした写真、さらにその人物の友達に誰がいるかを詳しく調べた。女性に較べれば男性はおおらかで、SNS上で勤務先も地位も出身大学も、気軽に晒していた。この中に真奈美の会社の上司や同僚がいる可能性も高かった。ひょっとすると真奈美が秘書をしている直属の上司もいるかもしれない。

《最近、このSNSを始めました。やり方がよくわかっていないんですけど、友達登録していただけますか》

可愛い女性の写真を張り付けて、そんなメッセージを何人かに送ってみた。するとと男なんか甘いもので、瞬く間に三人の男性が友達承認をしてくれた。

《友達申請、ありがとうございます。わからないことがあったら、僕に何でも聞いてください》

そんなメッセージを返信してくれた人すらいた。

真奈美の友達はJ大学時代の友人が多かった。中には外人の友達もいて、英語で書かれたプロフィールもあった。真奈美の大学時代の女性の友達を何人か調べ、さらにその友達の中でまだ真奈美が友達になっていなかった何人かをピックアップした。

そして彼女たちの写真をコピペして、新しいSNSのページを作る。プロフィールや過去の記事も適当に作り上げ、見知らぬ女性でも友達になってくれる男たちに申請を出すと、彼らはすぐに許可してくれた。
飲みかけのカフェラテを一口飲むと、すっかり冷たくなっていた。
《私のことを覚えていますか？》
そして彼女たちに成りすまして、真奈美に友達申請をした。

《香奈ちゃん久しぶり。元気にやってる？》
真奈美は俺が友達申請を出した成りすましアカウントを全て承認してくれた。
「辻香奈」という女性には、そんなメッセージも添えられていた。
本物の辻香奈は外資系のコンサルティング会社に勤めていた。得意の語学を生かしてそれなりに充実した社会人生活を送っていることが、SNSから窺われた。
《外資のコンサルって人使いが荒くて大変なの。真奈美は秘書をやっているって聞いたけどどうですか？》
香奈のSNSから情報を拾い、辻褄が合うようなメッセージを送る。
《うちのボスは外国人だから、秘書といってもビジネスライクで私には合っているかな。朝が早いのは大変だけど残業は一切しないから》
真奈美は外国人の上司の秘書をしているようだ。
《それは羨ましい。ところで最近忙しくて、昔の友達に会えてないんだけど、真奈

美は誰かと会ったりしてる？》

このメッセージが成りすましだとは微塵も疑っていないようだった。ならば今のうちに、真奈美の周辺の情報を訊き出しておこう。

《この間、真弓と陽子とご飯を食べたよ。恭子が秋に結婚するんだって聞いたけど、香奈は知ってた？》

真弓も陽子もSNSをやっていて二人とも真奈美に友達登録されていた。真弓は外資系の通販サイトに勤務していて、一昨年ヤクルトが優勝した時の写真が上げられていた。陽子のページはほとんど更新されてなくて休眠状態だった。秋に結婚するという恭子のページを探してみたが見つからなかった。

《マジで！　ちょっと早くない》

《相手の人が四〇歳近いからね》

そんなメッセージのやり取りが楽しかった。

《真奈美は結婚する予定はないの？》

何気なくそんなメッセージを送ったが、俺は妙に落ち着かない気分になってしまった。結婚が決まっているなどというメッセージが返ってきたら、きっと落ち込んでしまうだろう。

《暫くはないかな。香奈の方はどうなの？》

ほっと胸を撫でおろす。

真奈美は韓国女優のようなクールビューティーだったが、香奈はちょっと太っていて男性にモテそうなタイプには見えなかった。

《今は仕事が面白すぎて、結婚なんか考えられない》

だんだん自分が本当の香奈になったような気分になる。

《仕事が恋人ってことか。ねえ、香奈。久しぶりにご飯でも食べない？》

この誘いを待っていた。

もちろん香奈に成りすましているので、本物の香奈が真奈美に会いに行けるはずがない。

俺は自分の写真を使った新しいＳＮＳのページを作ってあった。

名前は「浦野善治」。

年齢は真奈美の二個上の二九歳にしておいた。

勤務先は都内の某大学病院で、出身大学のところには慶應大学医学部と書き込んだ。好きなプロ野球球団をヤクルトスワローズにして、以前神宮球場に行った時に撮影した写真を何枚かアップした。そして成りすましている辻香奈のページと相互に友達承認をしておいた。

《いいね。ところで真奈美に紹介したい人がいるんだけど、その時に連れていって

もいいかな。慶應の医学部を出てお医者さんをやっている人なんだけど》

# 九

## 僕

『チバナオキさんの消息がわかりました』

探偵事務所の粕谷からそんな電話が掛かってきたのは、調査を依頼して二週間ほど経ったころだった。

新宿の事務所を訪ねると今日も茶髪の女の子が出迎えてくれて、紙コップに入った日本茶を出してくれた。

「意外な事実が判明しまして」

薄くなりかけた頭頂部を掻きながら粕谷は目を瞬かせる。

「ご苦労様でした」

「まずはお母様の親戚関係を調べさせていただきました」

紙コップの日本茶を啜りながら、粕谷の言葉に耳を傾ける。

「お母さんのご遺体の引き取りを拒んだ遠い親戚の方というのは、お母様の従妹の娘さんでした。つまり佐藤さんの再従兄弟に当たる方で、当時はまだ中学生だったそうです」

「その再従兄弟の両親はいないんですか」

中学生なら遺体を引き取るのは難しいだろうが、ママの従妹だったら年齢的には生きているはずだと思った。

「再従兄弟さんのご家庭もなかなか複雑だったようで、お父様が事業に失敗して失踪してしまい、それが原因で体を壊してお母様は入院されていたようです。まだ小さかった再従兄弟さんではどうすることもできず、佐藤さんのお母様のご遺体の引き取りはお断りするしかなかったみたいです」

ちなみに再従兄弟の母親はその後も回復することはなく、最後は再従兄弟も僕と同じように施設に預けられたとのことだった。

「そうだったんですか。それでその再従兄弟から何か情報が聞けたんですね」

粕谷は左右に首を振った。

「それがどういう訳か、再従兄弟さんのご家庭では佐藤さん一家のことは禁句だったそうです。だから再従兄弟さんも佐藤さんのお父様がどんな方で、今どこで何をやっているか一切知りませんでした」

どうして我が家のことが禁句だったのか。頭を捻って考えたが、その理由が思いつかない。

「そこで今度は、佐藤さんの本籍地である海老名市に取材に行きました。足を棒のようにして、佐藤さんのご親族のことを近所の方々に訊いて回りましたが、何分にも古い話なので、当時を知る人はほとんど見つかりませんでした」

粕谷は懇切丁寧に説明してくれるが、ちょっと演技がかっているようにも感じられた。どこまで真剣に探したかは確かめようもなかったが、こうやって苦労して調べたと言わないと請求金額に見合わなくなってしまうのだろうか。

「そうだったんですか」

「しかし近くの小学校に、辛うじて昔のことを覚えていた先生がいらっしゃいました」

「それでチバナオキは今どこにいるんですか」

早く結論が聞きたい僕は、先回りしてそう訊ねた。

しかし粕谷は紙コップのお茶を一口飲んで、神妙な顔をして間を取った。

「ここから先は、少々ショッキングなことを申し上げますがよろしいですか」

僕も紙コップの日本茶を一口飲んで頷いた。

「佐藤さんの母方のお祖父様は、二二年前に殺されました」

「本当ですか」

粕谷は首を縦に振る。

「そしてそのお祖父様を殺した犯人が、千葉直樹だったのです」

「まさか。じゃあ千葉直樹は、今どこにいるのですか」

「裁判で無期懲役となり、今は旭川刑務所で刑に服しています」

俺

広尾の交差点を商店街の方に入り、ちょっと路地に入ったところにイタリアの国旗が掲げられたレストランがあった。

約束の時間の五分前に店に入ると、奥の席に真奈美が座っているのが見えた。

「西野真奈美さんですね」

そう訊ねると真奈美はすぐに立ち上がって頭を下げた。漆黒の髪が滑らかに揺れて、フローラルの香りが俺の鼻腔をくすぐった。

「初めまして、浦野さんですね」

いきなり弾けるような笑顔が飛び込んできた。俺の今までの人生の中で、こんなに楽しそうに笑う人を見たことがなかった。

「浦野善治です。辻さんはまだ来ていないんですかね」

視線を店内に巡らせながらそう言った。

「香奈は残業が延びているそうで、ちょっと遅くなるみたいです」

辻香奈の成りすましアカウントから、真奈美宛てにメッセージを入れておいた。

「そうなんですか。それは参ったな。初対面なのに二人きりにされたんじゃ、ちょっと困っちゃいますね」

対面の椅子に座りながら、俺は後頭部を右手で掻いた。

「仕事が終わったらすぐに駆け付けるから、先に始めていてくれって香奈から連絡がありました」

真奈美は相変わらずニコニコと笑っている。

「じゃあ、とりあえずオーダーを済ましちゃいましょうか。何でも食べたいものをおっしゃってください」

二つあったメニューの一つを手渡すと、真奈美はニコニコ笑いながらメニューに見入っていた。

正面から見る真奈美の美しさは想像以上だった。

大きな目に吸い込まれそうになる。ふっくらとした唇はとても柔らかそうで、鼻筋もすっと通っている。なにより肌が透き通るように白くてきれいだった。黒髪を掻き上げる手の指も長くて細く、このままじっと見ていたい気分になる。

「浦野さんは、苦手な食べものはありますか」

「大丈夫です。何でも食べられますから。真奈美さんは？」

「私もです」

真奈美は口に手を当てて笑っている。

赤いエプロンと三角巾をした店員がメモを片手にやってきた。

「店員さん、この店のお薦めは何ですか」

この店はネットで探した店で、来るのはこれが初めてだった。

「ナポリ風アクアパッツアとかいかがですか」

真奈美の様子を窺うと微笑みながら首を縦に振っている。

「じゃあそれと、鯛のカルパッチョ。地鶏の黒胡椒焼き。パスタは後で頼みましょうか。真奈美さんは、何か頼みたいものはありますか」

「モッツァレラチーズとトマトのバジルマヨネーズサラダをお願いします」

真奈美が店員にそう告げた。

「お飲み物はどうしましょうか」

メニューを閉じると店員からそう訊ねられた。

「真奈美さんは、お酒は大丈夫ですか」

「それなりに」

口を手で押さえながら弾けるような笑顔を見せた。相当飲めるということだろう。

「僕も飲みますから、ボトルで頼んじゃいましょうか」

真奈美も同意したので、奮発して一本一万円のイタリアの白ワインを頼んだ。

「辻さんはまだですけど、先に乾杯しちゃいましょうか」

「そうですね」

俺がグラスを掲げると真奈美も掲げて、二人の視線が重なった。

真奈美は蕩けるような笑顔を見せて、透明な液体を美味しそうに飲んだ。

「美味しい！」

会ってからまだ数分しか経っていないのに、この居心地のよさはなんなのだろうか。

キャバクラや高級クラブで美人と時間を過ごしたこともあったが、こんな包み込まれるような優しい笑顔を見るのは初めてだった。

「真奈美さんって、本当に笑顔が素敵ですね」

「ありがとうございます。でも浦野さんも、なかなか素敵ですよ」

あまり人に褒められたことがなかったので、ストレートにそんなことを言われるとどうリアクションしていいのか戸惑ってしまう。

鯛の刺身の上に玉ねぎとレモンが盛り付けられたカルパッチョの大皿が運ばれて

きた。真奈美は自然な所作で小皿にそれを取り分けると、俺の目の前にそっと置いた。

「ありがとうございます。ところで真奈美さんは英検一級で、しかも秘書の資格も持っていると辻さんに聞きましたが、どちらの会社に勤めているんですか」

訊きたいことは山ほどあった。

「青山にある外資系の製薬会社です。本社はニューヨークなんですけど、その日本法人なんです」

「そうなると、やっぱり上司はアメリカ人ですか」

カルパッチョを頬張りながら、一本一万円のワインを一口飲んだ。鯛の旨みとワインの酸味が程よく交じりあい、とても満ち足りた気分になった。

「そうです。日本法人の代表です。私はその方の秘書をやらせてもらっています」

「そうなると、会話は全部英語ですか」

「代表は日本語も話せるんですけど、アメリカ本社とのやり取りなどは全部英語になりますね」

「大変ですね」

俺は英語なんか話せない。大学入試も数学で受かったようなもので、英語は昔から苦手だった。

「そうでもないですよ。日本の会社の秘書さんとは違って、変に気を使わなくていいから楽なんじゃないですかね。浦野さんの方が大変だと思いますよ。確かお医者さんをされているんですよね」

「白金（しろかね）にある大学病院に勤務しています」

真奈美は俺のＳＮＳをチェックしているはずだ。そこに書いたプロフィールに沿って自分の設定は考えてあった。

「時間が不規則で大変なんじゃないですか」

「僕は耳鼻科なんで、そこまで大変ってことはないんですよ」

医者のふりをしてキャバクラで遊んでいた頃に、医者について調べたことがあった。外科医は緊急の手術などもありとてもハードで、美容整形はとにかく儲かるらしかった。しかし医者になるのならば、耳鼻科が良いと勝手に思っていた。

ナポリ風アクアパッツァが運ばれてきた。皮が程よく焦げたスズキとムール貝、それにあさりにトマトが、魚介の油が浮いた黄色いスープの中に浸っていた。

「写真撮ってもいいですか？」

真奈美がスマホを取り出した。

「どうぞ」

断る理由もないのでそう言うと、細くて長い指でスマホを構えてシャッターを押した。そして素早くスマホを操作して、あっという間に写真を投稿してしまった。

「そういえばSNSを見させてもらいましたけど、浦野さんってヤクルトファンなんですね」

そういう話題になることを狙って、神宮球場の写真を上げておいたのだ。

「ひょっとして、真奈美さんもヤクルトファンですか」

「そうなんです。一昨年は優勝したけれども、今年はどうですかね。昨年は怪我人続出で散々でしたからね」

俺がヤクルトファンであることは嘘ではないので、自然と話は盛り上がった。

「一昨年は最高だった。一四年ぶりのセ・リーグ優勝だったからなー。だけど日本シリーズでソフトバンクにまるで歯が立たなかったのは悔しかった」

「そうでしたね」

二人同時にため息を吐いた。

「真奈美さんは誰のファンなんですか。おっとその前に、ワインをオーダーをしましょうか」

いつの間にか白ワインのボトルが空いていた。その後一本一万円の赤ワインを頼み、さらにヤクルト談議で盛り上がった。

「今度一緒に、神宮に応援に行きたいですね」

「いいですね」

好きな球団の応援ならば、真奈美をデートに誘っても嫌らしくない。

もっとも慶應の医学部を出て大学病院に勤務をしているという俺の肩書きに、真奈美が好感を持っていることは間違いなかった。

「ちょっと失礼」

電話が掛かってきたふりをして、スマホを耳に当てて立ち上がった。

「え、そうなんですか。わかりました。はい、こっちは楽しく飲んでいますから、気にしないでください」

わざと聞こえるぐらいの声を出しながら店の外へと移動する。一分ぐらいそんな小芝居をした後に、真奈美が待つ席に戻ってきた。

「辻さんからでした。今日は残業が終わりそうもないので、ここには来られないみたいです」

僕

旭川刑務所方　千葉直樹様

拝啓

突然こんな手紙が届いて、さぞかし驚かれていると思います。
私のことをご存じかどうかはわかりませんが、私の母の薫子のことはよくご存じのことと思います。私は現在、東京で元気に暮らしています。今年大学を卒業し就職もしたのですが、少し事情がありまして今は働いてはおらず、モラトリアムのような時間を過ごしています。

今回、人を介して私の祖父とあなたとの事件のことを知り、大変驚いています。母との結婚を反対されたあなたが、感情的になって祖父を殺してしまったと聞きました。

あなたが母宛てにずっとお金を振り込んでくれていたのは、その贖罪（しょくざい）のためなのでしょうか。ちなみに母宛てに振り込んでくださったお金は、母の死後は私がいただいていました。あのお金がなければ、私は大学進学を諦めなければなりませんでした。ですからそれに関しては本当に感謝しています。

ところであなたは、私の母が自殺したことはご存じでしょうか。
母は虐待とネグレクトの激しい人で、私は小さい頃からさんざん酷い目に遭ってきました。

母とあなたの間には、一体何があったのでしょうか。母が私に虐待をするようになったのも、あなたの犯罪と関係あるのでしょうか。

それを聞きたくとも、母はもう答えてはくれません。

小学三年生のある日、朝目覚めると母が天井からぶら下がっていました。

その日以降、私は養護施設に入れられてしまいました。その後私は精神に変調をきたし、一時は医療少年院に入ったりもしましたが、今ではとりあえずまともな生活を送ることができています。

戸籍謄本を見ても私の父親はわかりません。

私はあなたが私の父親ではないかと思っていますが、それは的外れな考えなのでしょうか。そしてどうして祖父は、母とあなたの結婚に反対したのでしょうか。そしてなぜあなたは、私の祖父を殺してしまったのか。

私にはわからないことだらけです。

冒頭にも書いた通り、私は今、時間的にも精神的にも比較的余裕があります。可能であれば旭川まで行って、あなたとお会いして話をしたいと思っています。

まずはこの手紙を読んでいただき、お返事を下されば幸いです。

旭川は寒さが厳しいと聞きますが、どうかご自愛ください。

敬具

俺

「やったー！」

サヨナラのランナーがホームインした瞬間、昨日までの六連敗がなかったかのように神宮球場に大歓声が轟いた。その興奮の坩堝（るつぼ）の中、俺は真奈美とハイタッチをして喜びを爆発させた。

「凄ーい！」

紺の帽子と赤いストライプのユニフォームを着た真奈美が、満面の笑みで絶叫する。

「最高だね」

真奈美と初めてのデートの「ヤクルト対中日」第二回戦は、九回裏の二死三塁で代打の鶯久森淳志（うぐもりあつし）がレフト前にタイムリーヒットを打ってサヨナラ勝ちをした。

「サヨナラ勝ちって、生で見るの生まれて初めて！」

高い金を出して、チケットをネットオークションで落札した甲斐があった。春先のプロ野球のチケットは、どの球団も人気が沸騰していて入手するのが大変だった。

「鵜久森はこの前もサヨナラ満塁ホームランを打っているからね。もう神っているとしか言いようがないね」

東京音頭を歌い万歳三唱をした後に、俺たち二人は手を繋ぎながら神宮球場を後にした。同時に一塁側のゲートを出ていくファンたちも、興奮冷めやらぬようで口々に何かを叫んでいた。

「どこかで祝杯を挙げようか」

このまま家に帰る気分ではない。

「いいですね」

真奈美が目を細めて頷いた。

俺たち二人は外苑前駅に向かう途中の西洋風居酒屋に入り、カウンター席に座りビールで乾杯した。

「真奈美ちゃんは、どうしてつばめ女子になったの」

カープ女子という言葉が使われ出したのが二〇一三年ぐらいだったが、ヤクルトファンの女性のことを「つばめ女子」または「ヤクルトレディ」と呼ぶこともあった。

「せっかく東京に住んでるんだから、東京の球団を応援しようと思ったんです」

「じゃあなんで、ジャイアンツにしなかったの」

「ジャイアンツは東京の球団じゃないですよ。あそこは日本全体の球団ですからね」

「まあ、確かにね」

ビールを飲みながら大きく頷いた。

「私の地元は山形の酒田(さかた)市ってところなんですよ。わかります?」

「いやー、山形には行ったことがないからな」

酒田市どころか、秋田県と山形県の位置関係も俺には今一つわからなかった。

「山形って電車があんまり通ってなくて、初めて東京に出てきたときは鉄道が多くてびっくりしました。だけど一〇年近くも住んでいると、逆に東京が第二の故郷みたいに感じるようになって、今では東京人以上に東京愛が深いんですよ」

　俺は東京に関して特に愛憎を感じたことはなかったけれど、山形出身ともなるとそうなるのかもしれない。

「じゃあご両親は山形にいるの?」

「母は三年前にガンで他界しました」真奈美の横顔に翳(かげ)が差した。「実家には今は父親が一人で住んでいるんですが、病気がちなんで心配です」

「そうなんだ」

それ以上何と言っていいのかわからなくなってしまった。ビールを一口飲みながらチョリソにマスタードを付けて一口齧った。

「浦野さんは、どうしてヤクルトファンになったんですか」

「昔っからアンチ巨人だったからね。神奈川県民だったからベイスターズという選択肢もあったんだけど、弱すぎて応援する気になれなかったんだよ」

最近でこそベイスターズも強くなってきたが、俺の子供の頃は本当に弱かった。

「ところで浦野さんは、どこで香奈と知り合ったんですか？」

いつの間にか真奈美のビールが空になっていたので、俺は生を二つオーダーしながら、自分のグラスを飲み干した。

「慶應の友達が辻さんの仕事相手でね。そんな関係で二、三度一緒に飲んだことがあるんだよ」

「そうだったんですか」

「ねえ、真奈美ちゃん。辻さんって学生時代どんな感じだった？」

声を潜めてそう訊ねる。

「どんなって、元気で明るいいい子でしたよ」

「真奈美ちゃんはさ、秘書だししっかりしているけど、辻さんって甘え上手っていうか、ちょっとずるいって思ったことない？」

辻香奈のことは何も知らなかったが、適当に鎌をかけてみる。

「うーん、どうですかね。確かに香奈は人気がありますからね」

「真奈美ちゃんって、不倫をしたことある？」

「もちろんないですよ」

真奈美のきれいな黒髪が左右に大きく揺れた。

「辻さんって、直属の上司と不倫をしているらしいね」

「まさか」

真奈美の顔から笑顔が消えた。

「外資のコンサルってストレスが多いから、意外と日本企業よりも不倫が多いらしいよ。しかも解雇も含めて個人の評価なんか上司の気持ち一つだからね」

「私も外資系の会社に勤めていますけど、不倫が多いわけじゃありませんよ。少なくとも私は不倫をしていませんし」

真奈美が口を尖（とが）らせる。

「まあそうだよね。それに今の話はあくまで俺の友達が言っているだけだから、本当かどうかはわからないけどね」

事実でなくともこういう噂を入れるだけで、真奈美と辻の関係はぎくしゃくすることだろう。そして香奈に成りすまして携帯番号が変わった旨のメッセージを入れて、二人が直接接触しないようにするつもりだった。

「ねえ、真奈美ちゃんって、昔から優等生だったでしょ。高校生の時に生徒会長とかやってなかった？」

「生徒会長なんかやっていませんよ。高校時代は、山形で地味に受験勉強をしてるだけでしたよ」

そうやって国際関係では最難関のJ大学に合格したのだろう。

「真奈美ちゃんの大学だったら、大概の人は留学しているでしょ」

「そうなんですよ」

「どうして真奈美ちゃんは留学しなかったの？」

「家にお金がなかったからですよ。大学の授業料と生活費を出してもらって、さらに留学とはさすがに言えなかったですね」

真奈美は小さくため息を吐いた。

「医者の世界にも臨床留学っていうのがあってね、海外の最新技術を学ぶために、三、四年海外に留学する制度があるんだけど、俺は英語が苦手だからな」

「そうなんですか。じゃあ、私が教えてあげますよ」

「本当に？　だけど真奈美ちゃんは厳しそうだからな」

「そんなことないですよ」

真奈美が俺の肩を叩いて、弾けるような笑顔を見せた。

「だけど真奈美ちゃんって、真面目だよね」

「そうですかね。まあ、どっちかというと真面目な方ですね」

「真面目すぎて損をしているって思ったことない？」

僕

旭川刑務所方　千葉直樹様

前回手紙を出してから、もうすぐ一ヵ月が過ぎようとしています。

私の手紙は、読んでいただけましたでしょうか。

思いつくままに勝手なことを書いて、混乱させてしまったのでしょうか。もしもそうならば謝ります。

私は祖父を殺された被害者の遺族として、あなたに謝罪してほしいわけではありません。どうしてあなたが祖父を殺してしまったのか。その後母に何が起こったのか。そしてどうして母が僕を虐待するようになったのか。

その理由と真実を知りたいだけなんです。

あなたが私の父親だというのは、私の妄想なのかもしれません。

その一点に関してだけでも結構ですので教えてください。しかし返事がいただけないようならば、もう二度と手紙は書きません。

よろしくお願いします。

佐藤翔太

## 俺

「いらっしゃい。どうぞ入って」

四谷（よつや）の部屋を訪ねると、真奈美が笑顔で出迎えてくれた。

神宮からの帰り道、この部屋の前で初めて真奈美とキスをしたが、その時は部屋の中に入れてはくれなかった。

「ワインを買ってきたよ」

白と赤の二本のワインが入った成城石井の紙袋を差し出した。

「サンキュ。料理がもうすぐ出来上がるから、テレビでも見ながら待っていて」

ベージュのエプロン姿の真奈美はワインを受け取ると、部屋の奥に視線を向けた。

花柄のベッドとソファーセットが置かれていて、部屋は少々狭く感じられた。この前部屋の中に入れてくれなかったのは、散らかっていたからではないだろうか。小さなテーブルの上には、プレートとナイフにフォーク、そして一輪挿しの花瓶に黄色いガーベラが挿さっていた。

ソファーに腰掛けて、テレビから流れてくるニュース番組を眺めていた。

『多摩川で女児の死体が発見された事件で、被害者の所持品に付着したＤＮＡの鑑定の結果、女児の近所に住む容疑者を特定しました』

容疑者は、どうして自分が触った女児の所持物を処分しなかったのだろうか。

そもそも川に死体を捨てるだなんて、見つけてくれと言っているようなものだった。川に沈んだ死体でも、腐敗したガスが体内に溜まりやがては浮上してしまう。やはり死体は地中深くに埋めるのが一番だ。

宮本まゆを殺してから早くも一年半になろうとしていたが、未だに死体は発見されていなかった。そして浦井と聡子の死体も見つかっていない。人を殺しても、そう簡単にはばれないことがわかってしまった。最初は浦井の教えを守って、一メートル以上も穴を掘ったが、だんだんそこまで用心しなくてもいいのではと思うようになってしまった。

特に聡子を殺したあたりから、俺の中の何かが緩んでしまった。もしも見つかってしまっても、既に死刑は確定しているのだから後は何人殺しても同じことだと思うようにもなった。

そんな安易な気持ちもあって、小森玉枝を殺してしまった。

玉枝の腹にナイフを突き立てた時、俺はかつて感じたことのないような興奮を覚えた。玉枝にＳＭが好きなのかと言われた時に、自分の中の何かが目覚めたような気がした。その後明日香にご主人様と呼ばせたのも、俺の中の何かが覚醒していたからなのかもしれない。

サディズムを日本語にすると、加虐性欲という言葉になる。

人や動物に身体的な虐待を加えたり、精神的な苦痛を与えることで性的快感を味わう性的嗜好のことを指した。子供の頃から俺は動物を殺すのが好きだった。どうしてそうなったのかはわからなかったが、その延長で百合子先生を殺してしまった。

「お待たせ。今日のメインはローストビーフよ」

真奈美がトレイいっぱいに料理を載せて現れた。

スライスされたローストビーフと一緒に、ミニトマトとクレソンが添えられていた。肉の外側はこんがりと焼けていたが、中はきれいな赤い発色をしていた。

「絶妙な焼き加減で、美味しそうだね」

「でしょ」

もう一つのお皿には、じゃがいもとアスパラのバターソテーが載せられていた。

「じゃあ、早速食べましょう」

俺は成城石井で買ってきた赤ワインをワインオープナーで抜栓し、テーブルの上の丸いワイングラスにとくとくと音を立てて注いだ。

「いただきます」

フォークで肉をぶっ刺して口の中に入れると、微かな血の匂いがした。

「うーん、肉って感じだね。こんな肉々しいローストビーフ、お店でも食べたことがないよ」

赤ワインを一口飲むと、さらに気分が高揚してきた。

「そうぉ、じゃあいっぱい食べてね」

真奈美も大きな口を開けて、真っ赤なローストビーフを口に運ぶ。

ローストビーフを食べながら、今までに自分が殺してきた女たちのことを考えていた。みんな手足を拘束しナイフで脅して殺してしまった。憎い女もいたしそれ程でもない女もいた。

だけど全員殺してしまった。

どうしてだろう。

「ヨシ君の好きな食べ物は何なの」

いつの間にか俺の呼び方が浦野さんからヨシ君に変わっていた。

「焼きそばパン」

「え、何?」

真奈美が怪訝な表情をした。

「やっぱり、焼き肉かな」

「焼き肉じゃあ、料理とは言えないな」

真奈美はワインを飲みながら独り言のように呟いた。髪の毛から漂うフローラルの香りが鼻腔をくすぐる。

「真奈美の髪の毛って本当にきれいだよね。トリートメントは何を使っているの?」

俺は真奈美のことを呼び捨てにしていた。

「ヨシ君、トリートメントなんかに興味があるの」

「トリートメントには興味はないけど、きれいな髪の毛には興味があるからね」

真奈美はにっこり微笑んだ。

「行きつけのヘアサロンで薦めてもらったものを、もう何年も使っているかな。私の髪の毛って傷つきやすかったんだけど、そのトリートメントに変えてからは髪の悩みがなくなったの」

さらさらな黒髪を掻き上げながらそう言った。

「へー、そうなんだ」

猪俣明日香のことを思い出した。真奈美の髪は美しかったが、それでも明日香の髪には敵わない。しかし髪以外のところでは、真奈美の方が全てにおいて勝っていた。

そんな明日香が眠っている丹沢の事件はまだ露見していない。

全く日本の警察は何をやっているのだろうか。このまま俺を野放しにしていたら、また次の被害者が出てしまう。

あっという間に一本目のワインが空いてしまったので、新しいワインを抜栓する。

「ちょっと待って、グラスを変えるから」

結構酔っているのでそんな繊細な味の差などわからないと思ったが、真奈美が持ってきた新しい二つのグラスにワインを注いだ。

「このアスパラのバターソテーも美味しいね」

「本当?」

左目を大きく見開いて、真奈美が嬉しそうな顔をする。

「真奈美は本当に料理が上手いね」

少し照れた顔をしながら、フォークに刺した赤いローストビーフを頬張っていた。きれいな女は食事をしているだけでも様になる。頬が膨らみもぐもぐと小さな口を動かす仕草が可愛らしい。その一方で唇の周りについたソースを舐める舌の動きが艶めかしい。

「真奈美って、見ていて飽きないよね」

「そんなにじっと見つめないでよ。恥ずかしいから」

ふと、この女の苦しむ顔を見てみたいと思った。こんなきれいな顔をしているのに、苦しむときはどんな表情を見せてくれるのだろうか。

「あー、美味しかった。ちょっと飲みすぎたかな」

皿の上にあった肉たちがほとんどなくなっていた。ワインの酔いが心地よくすっかり満たされた気分になった。

「私も、ちょっと酔っぱらっちゃったかも」

真奈美の顔に赤みがさしている。

いつの間にか窓の外はすっかり暗くなっていた。

俺が真奈美を引き寄せると唇と唇が重なった。

僕

佐藤翔太様

拝啓

お手紙どうも有難うございました。

この手紙を書くべきか何度も迷いましたが、あなたに迷惑をかけてしまったことにお詫びがしたく、今ペンを握っています。

まずは私がここに入っている理由からご説明します。

私は薫子の父親、つまりあなたのお祖父さんを殺しました。どんな理由があろうとも、その罪は償わなければなりません。

薫子が自殺してしまったことは、手紙を読んで初めて知りました。

とてもショックでしたが、そうなってしまったのもわかるような気がします。あなたが無事に育ってくれたことが、今となっては唯一の救いです。

薫子と私は大学院の研究室で知り合いました。当時私は、東京の大学の大学院生でした。薫子はそこで事務のような仕事をしていました。当時から少し変わった女性でしたが、そこが私にはとても魅力的に見えました。

やがて私たちの交際が始まり、そして薫子は妊娠しました。

しかし私たちの結婚は薫子の父親に許してもらえず、自暴自棄になった私は薫子の父親を殺めるという罪を犯してしまいました。

そういうことなので、あなたが私の子供である可能性は高いと思います。しかし薫子が死んでしまった今となっては、本当のところはわかりません。私とあなたのＤＮＡを調べれば親子関係がわかりますが、私はそれを望みません。

今、言えることはここまでです。

あのお金が有効に使われていたことを知り、少しだけ気分が楽になりました。

お体を大切にされて、今後ともご活躍されることを祈っています。

敬具

千葉直樹

僕はこの手紙を何度も読み直した。

そして自分の父親かもしれない人物に、どうしても会いたくなった。

親族であれば誰でも刑務所の服役囚に面会ができる。それは内縁関係であっても可能だが、恋人や友人だと刑事施設の長が許可しないと会えなかった。僕の場合が内縁の妻の子供に相当するのかわからなかったが、とにかく面会の申請を旭川刑務所に提出した。

俺

「今日の料理もおいしかった」

床に片肘をついて寝そべりながら真奈美に話し掛けた。

「来週は何が食べたい？」

毎週末、この部屋に来て真奈美の手料理を食べるのが楽しみだった。

「そうだなー。真奈美は料理が上手いからなー」

何をリクエストしても、真奈美の料理は安定して美味(うま)かった。

「小さい時からお母さんに鍛えられたからね。料理ができないといい奥さんになれないって」

「真奈美、ウィスキーの水割りを作ってくれないかな」

「まだ飲むの。最近、ちょっと飲みすぎだよ。今日はこれぐらいにしときなよ」

こんな風に叱(しか)ってくれるのも、俺のことを心配してくれているからだった。真奈美と結婚する男は幸せ者だ。きれいで頭が良くて料理も上手いし、何しろ一緒にいると幸せな気分になれる。

「ねえ、耳かきしてあげようか。私、耳かきも上手いんだよ」

真奈美はニコニコとした笑顔を見せる。

「はい、ここに頭をのせて」

真奈美が正座をして二つの太ももを差し出した。

「いいの？」

「もちろん。気持ちよくなって寝ちゃうかもしれないけどね」

真奈美の弾力のある太ももに頭を乗せて目を閉じた。

「こうやって耳かきしてもらうのなんて、いつ以来かな」

遠い昔、翔太が母親に耳かきをしてもらったことを思い出した。

「私は小さい頃、よくお母さんにこうやって耳掃除をしてもらっていたよ」

耳の奥でこそばゆい感覚がして、何とも言えない幸せな気分になった。

「真奈美のお母さんはどんな人だったの？」

「普通の専業主婦だよ。若い頃は郵便局に勤めていて、そこでお父さんと知り合って結婚したの」

「やっぱり料理は上手だったの？」

「お弁当はキャラ弁を作ってくれて、味は美味しかったんだけど、何のキャラだかわからないことがよくあったな。友達と一緒にお弁当を食べながら、みんなで推理したこともあった」

膝の上から真奈美の顔を見上げると、口元に笑みを浮かべていた。

「お茶目なお母さんだね」

「そうなのよ。そしてとにかくよく笑う人だった。いたるところに笑いのツボがあるみたいで、いつも笑い転げていた」

「何か、楽しそうな家庭だね」

俺には想像できなかったが、そんな家庭の方が一般的なのだろう。

「うん、楽しかった」

「だから真奈美もよく笑うんだね」

「そうかな。私ってそんなによく笑う？」

不思議なもので、あんなにしょっちゅう笑っているのに、真奈美は自分がよく笑う人間だという認識があまりなかった。

「笑うよ。最初に会った時に、笑顔が歩いているのかと思った」

「よくそう言われるんだけど、やっぱりもう少し真面目な顔をした方がいいのかな」

「そんなことないよ。真奈美の笑顔はみんなを幸せにしているよ。俺も真奈美と会うと元気がもらえるし、真奈美の笑顔はみんなのパワーになっているんだよ」

本当にそう思っていた。

女優やアイドルと比べれば真奈美より美人の女性はいるだろうが、笑顔がこんなに魅力的な女性はこの世に存在しないのではないか。

「でもお父さんは無口であんまり笑わなかったよ」

真奈美は遠い目をして呟いた。

「そうなんだ」

「そうだ。来月はお父さんのお誕生日だから、何か送ってあげなくちゃ」

僕

旭川刑務所は、ＪＲ旭川駅からバスで行くことができた。羽田から旭川まで飛行機で飛んでそこからタクシーで向かえば、旭川刑務所に一番早く行くことができるが、僕は一度も北海道に行ったことがなかったので、旭川市内のホテルに前泊することにした。

新千歳空港まで飛行機で飛んで、札幌経由で電車を乗り継いで旭川を目指した。

初めて見る北海道の大地は、僕の想像を超えていた。

ポプラ並木沿いに延々とまっすぐに延びる鉄道、本州では見られないカラ松やエゾ松の雄大な自然に目が惹きつけられた。電車の乗り継ぎはスムーズにはいかなかったが、人々は色々な意味で大らかでここには東京とは違う時間が流れているような気がした。

旭川刑務所に向うバスは僕と数人の客を乗せて出発した。今日は平日ということもあり、観光客らしき姿は僕一人だけだった。車窓から見える北海道の自然を眺めながら、僕は千葉直樹に会ったら何を話そうか考えていた。

ママはどんな女性だったのか。

ママはどうしてネグレクトをするようになってしまったのか。

そしてどうして、千葉直樹はママの父親を殺してしまったのか。

千葉直樹の手紙の中身は何度も読み直していたので、全部暗記してしまった。

『私とあなたのＤＮＡを調べれば親子関係がわかりますが、私はそれを望みません』

その一言が引っかかっていた。

千葉直樹は僕の父親なのか。

もしも千葉直樹が僕の父親でなければ、一体誰が僕の父親なのか。

ＤＮＡを調べなくとも、顔を見てどこか似ているところがあれば、千葉直樹が僕の父親だと思っていいのではないか。

しかしもし似ていなかったら……。

バスの振動に身を委ねながら、僕は何度も同じことを考えてしまう。

窓から吹き込む風が冷たかった。北海道には梅雨がないので、六月なのに少し寒いぐらいだった。

『あんたなんか、産まなければよかった』

子供の頃、さんざんママから言われた言葉を思い出す。

僕は生まれてきて良かったのだろうか。

千葉直樹に会って一番確かめたいことは、実はそのことなのかもしれない。

そんなことを考えている内に、バスは旭川刑務所前に停車した。

高い塀が巡らされた古い建物を想像していたが、旭川刑務所は近代的な建造物でまるでマンションのようだった。

「すいません。面会に来たのですが」

受付で緊張気味にそう告げると、警備員らしき人が施設内に招き入れてくれた。

刑務所の面会のルールは刑務所や受刑者によって異なるが、一番厳しい場合は月に二回しか認められていない。しかも予約ができないので、もしも千葉直樹が誰かと二回分面会をしてしまっていたら、はるばるここまでやってきたのに僕は会うことすらできないことになる。

俺

「面倒くさいからタクシーで帰ろうよ」

駅前のレストランで食事をしてほろ酔い気分になった俺は、駅に向かおうとする真奈美の後ろ姿にそう声を掛けた。

「タクシー代がもったいないし、駅まで近いから電車でいいよ」

真奈美と付き合いだして、二ヵ月が過ぎようとしていた。

タクシーを使いたがらないところもそうだが、真奈美は倹約家だった。プレゼントをあげると言っても高価なものは欲しがらなかったし、外食も都心の高いレストランよりも地元の居酒屋に行くのが好きだった。

「最近、ちょっと飲みすぎじゃないの」

「そ、そうかな」

真奈美は本当によくできた女だった。

最近俺の酒量が増えていて、二日酔いが多いこともばれていた。

「またネットで、変なものを買ったりしてない？」

最近飲みすぎると記憶をなくすことがあり、買った記憶のないネット通販の商品が自宅に届くことがあった。

「大丈夫だよ。真奈美の方こそ、仕事は順調なの？」

俺たちが改札を抜けてプラットホームに立つと、すぐに電車が入ってきた。

「今はボスがアメリカに帰っているから、結構暇なの」

車内は混んでいたけれども、ちょうど二人分だけ席が空いていたので、俺たちはそこに腰掛けた。

「ヨシ君の方はどう？」

「まずまずかな。だけど最近、あんまりやる気がしなくてね」

以前は浦井の真似をしてサイバー犯罪をやったりしたが、真奈美と会ってからは止めていた。

「お医者さんなのに、そんなこと言ってちゃ駄目じゃない。ヨシ君には社会的な責任があるんだから」

真奈美と会うのは楽しかったが、会ってその人柄に触れるたびに罪悪感に苛まれた。俺の本当の姿を知ったとしたら、真奈美は何と言うだろうか。

「まあ、そうだよね」

「でもお医者さんともなると、ストレスとか大変そうだよね。何か私にできることがあったら、遠慮なく言ってね」

「真奈美に？」

「そうよ。経営者のサポートは当然だけど、悩みを聞いたり癒やしてさし上げるのも秘書の大事な仕事だからね」

「そうだったね」

真奈美と一緒にいると本当に癒やされた。

それは今まで味わったことのない経験だった。俺は今まで人を信用したことがなかったし、信用されたこともなかった。しかし真奈美には心から気を許すことができた。そしてその事が、俺の新たな悩みになっていた。

プラットホームに電車が止まりドアが開くと、大声で話している大学生らしき三人組が乗り込んできた。車内の安寧が乱されて何人かの視線が集まっても、彼らは気にする素振りも見せなかった。

そしてその三人組の後に続いて、一人の痩せた女性が乗り込んできた。

「どうぞ、座ってください」

バッグにマタニティマークをつけたその女性に、真奈美は立ち上がって席を譲った。

僕

アクリル板の前の椅子に腰かけて、千葉直樹が面会室に入ってくるのを待っていた。はるばる東京から時間と労力をかけてやってきたのに、面会できる時間は三〇分しかない。ちなみにスマホは持ち込み禁止で、入り口に預けさせられた。

そしてアクリル板の向こう側の部屋のドアが開き、グレーの囚人服を着た中年男性が現れた。男性の腰には紐が結び付けられて、その端を紺の制服姿の刑務官が握っていた。

僕は自分でも気がつかないうちに立ち上がっていた。

顔や額の皺が目立つ一方で髪の毛は大分薄くなっていたので、想像していたよりも老けて見えた。

初めて見るこの男性の顔は、果たして僕に似ているのだろうか。

僕に気付いた男性は一瞬戸惑ったような顔をしたが、すぐに満面の笑みを浮かべた。

「君が、翔太君か」

呻くような声が聞こえた。

「そうです。あなたが、千葉直樹さん。僕のお父さんですね」

お父さんという言葉にむず痒さを感じた。

しかしアクリル版の向こう側で、千葉直樹は何も言わずに微笑むだけだった。

「今まで辛かったです。ママが死んだのも悲しかったけれど、ずっと一人で生きてきたことが辛かったです。もしももっと早くお父さんに会えていたなら、僕の人生も大分違っていたかもしれません」

僕は孤独と言う真っ暗なトンネルの中を生きてきた。

別人格のヨシハルこそいたけれども、僕はずっと人に心を許すことができなかった。いや、できなかったというよりは、人を信じることを知らなかった。

「辛い思いを、させてしまったみたいだね」

千葉直樹の目から涙が零れ落ちた。そして気付かないうちに、僕の目からも涙が流れていた。

「僕は、生まれてきても良かったんですか」

アクリル板の向こう側で目が大きく見開かれた。

「それはどういう意味なのかな」

「僕はママに、『お前なんか生むんじゃなかった』、『お前なんか生まれてこなければ良かった』と言われて育ってきました」

今でも当時のことを夢で見る。

「薫子は、本当にそんなことを言ったのか」

悲しそうな顔をしてそう呟いた。

「そうです。ママは僕を虐待していました」

「そうだったのか」

「どうしてママは、そんな風になってしまったんですか」

アクリル板に顔を近づけて絶叫した。

千葉直樹は何を思ったのか、俯いたままで何も喋らなかった。

「どうなんだろう」千葉直樹は目線を上げて僕を見た。「本当のところは、薫子に訊かなければわからない」

「僕はママに愛してもらいたかった。ただ普通の子供のようにしてもらいたかっただけなのに」

辛い記憶が蘇り、思わず意識を失いそうになる。

「すまない。私があんな事件を起こしてしまったばっかりに……」

アクリル板の向こう側で、千葉直樹は頭を下げた。

「どうして、どうしてあなたは、僕のお祖父さんを殺してしまったのですか」

せめてその理由を知りたかった。もしもそんなことをしなければ、親子三人で幸せに暮らせていたかもしれない。

「結婚を反対されて、かっとなったことも理由の一つだ」

「それだけですか」

千葉直樹は後ろを振り返り、こちらを窺っている刑務官をちらりと見た。

「今ここではそれ以上は言えない。いつか時が来たら、本当の理由を話せるようになるかもしれない」

部屋に沈黙が訪れた。面会時間は三〇分しかないというのに、もはや何を訊けばいいのかわからない。

「だけどこれだけはわかってほしい。私は薫子から妊娠したと聞いた時、本当に嬉しかった。そして人生の終わりにこうして君に会えて、本当に良かったと思っている。だから私は、君が生まれてこなければ良かっただなんて思っていない。翔太君、生まれてきてくれてありがとう」

俺

「ヨシ君の慶應の友達が、香奈の仕事相手だって言ってたよね」

部屋を訪れると、真奈美に神妙な顔でそう訊ねられた。

「そうだよ」

「その人の名前は何ていうの？」

「どうしたの。何でそんなことを訊くの？」

「いいから、その人の名前を教えて」

「浜田だよ」

口から出まかせを言った。

「浜田さんね。ちょっと待ってて」

真奈美は俺に背を向けてスマホを耳に当て、隣室に行った。

どうやら嘘がばれたらしい。

キッチンに移動して冷蔵庫からビールを取り出し、プルトップのタブを引く。冷えた液体を喉の奥へと流し込みながら、隣の部屋の電話の声に耳を傾ける。

「今、香奈に確認したけど、浜田さんなんて人は知らないって。そもそもSNSで、ヨシ君を私に紹介した覚えもないって言っているんだけど」

「どこかで辻さんと会ったの？」

「先週大学時代の友達の集まりがあったの。そこで香奈と話したんだけど、どうも話が嚙み合わなくて」

なるほど、それならばしょうがない。

「ねえ、ヨシ君の友達は香奈の知り合いじゃないの？」

「違うみたいだね」

「じゃあ、私にヨシ君を紹介してくれた人は誰なの？」

「それを訊いてどうするの？」

「どうするって、何が本当なのか知りたいから」

「じゃあ、本当のことを教えてあげよう」

いつかはばれることだと覚悟はしていた。最近真奈美に気持ちが入りすぎていたので、むしろほっとしている部分もあった。

「俺を真奈美に紹介したのは、俺なんだ」

「どういうこと」

俺は缶ビールを一気に呷（あお）った。

「ネットでたまたま真奈美を知った俺は、辻香奈の成りすましのＳＮＳのページを作って真奈美に接近したんだ。真奈美を西麻布のイタ飯屋に誘ったのは、辻香奈に成りすました俺自身で、だからあの時に辻香奈が仕事で急に来られなくなったというのも全くの嘘だ」

「本当なの？」

真奈美の顔は蒼白（そうはく）だった。

「ああ、本当だよ」

「酷い。私を騙していたのね」

「その通り。確かに俺はお前を騙した。だけどその後、真奈美に惹かれていった気持ちには偽りはないし、今でも俺は真奈美を愛している」

「じゃあ慶應の医学部卒っていうのも嘘なの？」

「真奈美は俺の何が好きなの？　慶應出身だから、それとも医者で金持ちだから俺と付き合っていたの」

「それとこれとは別の話よ。私は真実を知りたいの。そうでなければ、もうあなたのことを信じられない」

「俺は慶應なんか出てないし医者でもない。しかし俺に有り余るほどの金があるのは本当だ」

しかしその大金は合法的な方法で手に入れたものではなかった。

「あなたは一体何者なの？」

「俺の名前は佐藤翔太。だけどその名前の人物は戸籍上では死んでいる。翔太は母親から酷い虐待とネグレクトを受けて二重人格になってしまった。その二重人格の一人が俺なんだ。浦野善治と言う名前は俺が自分でそう思っているだけで、戸籍上には存在しない」

「どういうこと？　言っている意味がわからない」

「真奈美が混乱するのも無理はない。しかしこんな目に遭わされて、真奈美が俺を信じられなくなるのは当然だろう。俺は真奈美から何かを奪った気はないが、もしも慰謝料が必要ならば欲しい金額を言ってくれ」

そう言い捨てて、俺は真奈美の部屋を後にした。

僕

全ての謎が氷解したわけではなかったが、千葉直樹と会って僕の中で何かが決着したような気がした。

千葉直樹と僕が似ているかどうかは、正直言ってわからなかった。しかし本当の親子でも成人して別々に暮らしていれば、全然似ていないこともある。だから自分の父親が誰なのかなど、どうでもいいと思った。

どうにもならない過去の事より、これから起こる未来のことを考えよう。

僕は再就職活動をスタートさせた。そして面接で少年院にいたことをきちんと話して、全てを納得した上で採用してくれる会社を探した。それは簡単なことではなかったが、プログラミングなどの僕のスキルが評価されれば、こんな僕でも採用してくれるところがあるのではないだろうか。

そして恋人を作ることを決意した。

恋人を作り結婚をして幸せな家庭を築くことができれば、この不幸の連鎖も断ち切れるはずだ。

早速マッチングアプリに登録して、気に入った女性をチェックした。

《こんにちは。なかなか出会いがないので、思い切って登録しました。短期的なお付き合いではなく、長く続くお付き合いを希望します》

《初めまして。都内のヘアサロンで働いています。美味しいものを食べるのが大好きですが、今はちょっとたるんでしまったのでダイエット中です》

次から次へと表示されるプロフィール写真を見て、気に入った女性に「いいね」を送った。

そしてどこかで見たような黒髪の女性の写真に指が止まった。

その女性が一瞬香苗に見えたからだった。

《はじめまして。友達にすすめられて登録しました。趣味はアニメと漫画で、ちょっとオタクだと言われます。地方出身の田舎者でもよければメッセージをください。仕事は接客業で、特技はマッサージです》

しかしその女性は麻衣という名の別人で、香苗よりは美人に見えた。

写真をタップするとプロフィールが表示される。麻衣は僕より三つ年上で、アニメ好きなところが一緒だった。

とりあえず「いいね」を押してみた。

改めて写真を見てみると、やはりどことなく香苗に似ている。マッチングアプリの写真は加工しようと思えばいくらでもできるので、本当に香苗がこの写真の人物だったりすることはないだろうか。

金を盗まれて以来、香苗とは一度も連絡が取れていなかった。電話番号を変えられてしまったし、あれ以来一度も僕の家にやってきていないことを考えると、やはり僕の口座の金を盗んだのは香苗で間違いないだろう。

警察に被害届を出してその辺の事情も話したが、それだけで警察が香苗を本気で捜してくれることはなかった。

今頃香苗は、一体どこで何をやっているのだろう。

そんなことを考えていると、スマホにメッセージが着信した。

《いいね、有難うございます。翔太さんは、どんなアニメが好きですか?》

## 俺

「やっぱり私は、あなたのことを信じられません」

真奈美から会いたいというLINEが来たのは、部屋から出ていってから一週間経った頃だった。

一週間ぶりに四谷の部屋を訪れたが、真奈美は別人のように憔悴(しょうすい)していた。

「それはそうだろう。それで、慰謝料をもらおうと思ったの?」

俺と真奈美はソファーに座り向かい合った。ふと窓際を見ると、花瓶に挿されたガーベラが無残に朽ち果てていた。

「慰謝料なんかいりません。しかしあなたに騙されて、私は本当に傷つきました。

だからきちんと謝ってほしいんです」

「そんなことか」

「きちんと謝罪してください」

「悪かった。この通りだ」

俺は深々と頭を下げる。

「こんな風に男の人に騙されたのは初めてです。だからあなたのことは許せません」

いつも笑顔が絶えなかった真奈美が、さっきから一度も笑っていなかった。ここまで彼女を傷つけてしまったことを、心の底から後悔していた。

「だけどあなたを放っておくこともできません」

自分の耳を疑った。

このまま別れて、二人の関係はそれで終わりだと思っていた。

「こんな俺を許してくれるのか」

真奈美の顔をまっすぐに見る。

「どうしてこんなことを言うのか、自分でも理由がわからないんです。あなたに騙されたと知った時、本当にショックでした。あなたは何も奪っていないと言うけれども、あなたと過ごした時間は帰ってこないし、何より私の気持ちとあなたとの思い出は踏みにじられてしまいました。これはいくらお金をもらっても、許せることではありません」

そう言われて俺は初めて気がついた。

気持ちと思い出。

この二つだけは金と引き換えにすることはできない。浦井の金を手にして以来、金で買えないものはないと思っていたが、どうしてこんな簡単なことがわからなかったのだろう。

俺が真奈美にいくら慰謝料を払おうとも、その罪を贖(あがな)えるものではない。そして真奈美と過ごした思い出も、金に換えられるものではなかった。

「本当に悪かった」

俺はもう一度頭を下げた。

「だけど私には、あなたが悪い人には見えないのです」

視線を上げると、真奈美の目から大粒の涙が零れ落ち、白く透き通る頬に一筋の川ができていた。

真奈美を愛することができて、本当に幸せだった。

「俺は君と出会えて、何かがわかったような気がする」

そして生まれて初めて、人を信じ愛することが理解できたような気がした。

「だけど俺は非道(ひど)い人間だ。だから会うのはこれで最後にしよう。今までどうもありがとう」

俺は真奈美を愛している。しかし、俺は真奈美に愛される資格はない。

真奈美に向かう愛情が、いつか間違った方向に暴発しそうで怖かった。いつか自分の手で、真奈美を殺してしまいそうな気がしていた。

僕

佐藤翔太様

先日ははるばる旭川までお越しくださり、有難うございました。

息子かもしれない人物に、最後に会えて本当に嬉しかったです。塀の中にもう二〇年以上いますが、あなたに会えたことがこの二〇年間の最高の思い出になりそうです。

実は私はガンを患っていて、余命は一ヵ月と言われています。

おそらくこの塀の中で、生涯を閉じることになるでしょう。

病気のことを面会の時に言うべきか迷ったのですが、短い時間だったので止めました。そして私が薫子の父親、つまりあなたのお祖父さんを殺した本当の理由についてもお話しすることができませんでした。

あの短い時間では、とても話せるようなことではなかったからです。

しかしこのままではあなたも納得できないと思い、再びペンを握りました。

薫子のお母さん、つまりあなたのお祖母さんは、一度結婚をしたのですが旦那さんと死別してしまい、あなたのお祖父さんと再婚しました。つまり薫子とあなたのお祖父さんの間には、血の繋がりはありませんでした。

あなたのお祖父さんはかなり乱暴な性格の持ち主で、薫子は小さい頃からあなたのお祖父さんから虐待を受けていました。それは性的なものも含まれていて、しかも私と付き合っていたころまで続いていました。

あなたが絶対に私の子供だと言い切れないのは、そこに原因があります。

私は薫子に何度も家を出ようと説得しましたが、小さい時から暴力によって洗脳されてきた薫子にはどうしてもそれができませんでした。

そして妊娠の事実をお祖父さんが知ると、お腹の中の子供、つまりあなたを堕胎するように薫子に命じました。

私たちは本当に悩みました。

ここで私たちの子かもしれないお腹の子供を堕胎してしまったら、お祖父さんに屈してしまう。しかしその子は、私の血を受け継いでいないかもしれない。しかも薫子は、明確に誰の子だとは言わなかった。

薫子自身、わからなかったのかもしれません。苦悩する薫子を見て、いっそお祖父さんを亡き者にして自分も死のうと思いました。そしてお祖父さんを殺すことはできましたが、自分の命を絶つことには失敗してしまいました。

ここに書いたことは、今ではもう私しか知らないことです。

取り調べや裁判で何度も訊かれましたが、薫子の虐待のことは誰にも話しませんでした。もしもあなたが目の前に現れなかったら、このまま誰にも喋らずに墓場に持っていくつもりでした。

例えば私の髪の毛とあなたの髪の毛のＤＮＡ鑑定を行えば、あなたと私の血縁関係は明らかになります。私としてはそれを望んでいませんが、余命があと一ヵ月に迫った今、もしもあなたが望むのならば協力は惜しみません。

千葉直樹

自分の父親は千葉直樹なのか、それともママの義理のお父さんなのか。

『お前なんか、生まれてこなければ良かったのに』

ママの言葉が頭の中で何度も何度もリフレインする。成長していく僕の顔を見て、ママはその答えを知ってしまったのではないだろうか。

俺

『私には、あなたが悪い人には見えないのです』

真奈美に言われたその一言が嬉しかった。

母親から虐待を受けて育ったから、俺は人を信用するということが理解できなかった。愛情という言葉も実感できていなかった。

養護施設で百合子先生に優しくされた時や、少年院の教官に熱く指導された時は、彼らは仕事として俺にそうしているのだと信じて疑わなかった。

銀座や六本木で豪遊した時に、群がってきた女たちは俺の金が目当てだった。その後猪俣明日香に「愛している」と言われたけれども、俺のポルシェやステイタスを愛しているだけで、俺のことを愛していたわけではないと思っていた。

だけど真奈美は違っていた。

真奈美は俺に無償の愛を注いでくれたので、生まれて初めて幸せを感じることができた。そして愛情という言葉の意味も何となくわかった様な気がしていた。

できることならば、人生のもっと早い時期に真奈美に出会っていたならば、俺の人生も随分違ったものになっていただろう。

俺は自殺をすることを考えていた。

あれだけ人を殺めてきた以上、警察に自首しても死刑になるのは間違いない。牢屋の中でいつ執行されるかわからない死刑の日を待つのならば、自分で死ぬ時とその方法を選べるのは有難い。

もっと早く真奈美に出会っていれば。

もっと早く人の愛情が理解できていたならば。

そもそもあの母親から生まれてこなかったならば、こんな人生にはならなかっただろう。

色んな思いが溢れ出て、視界がぼやける。

今までの出来事が走馬灯のように蘇る。虐待に耐え、孤独に耐え、空腹に耐え、そして偏見にも耐えた。だけど最後は自殺をするしかなくなってしまった。今こうなってしまったのは、最初から神に仕組まれていたような気がしてならなかった。

最後に、真奈美と出会えたことだけが俺の人生の輝きだった。

死のう。

いざ死のうとした時に、翔太はどうするだろうか。かつて少年院で翔太が自殺を図った時に、俺が出てきて寸前で自殺を止めたことがあった。

しかし翔太は玉枝を殺して以来、一度も出てきていない。

踏切の警報音が聞こえて、近くに電車が走っていることを教えてくれた。

音のした方向に歩いていると、また警報音が聞こえてきた。既に始発は動き出しているようで、周囲も明るくなってきた。

命が惜しいとは別に思わなかった。

むしろちょっとばかり、長く生きすぎてしまったような気がしていた。

『お前なんか、生まれてこなければ良かったのに』

全くその通りだ。

ガソリンスタンドのある角を右に曲がると踏切が見えた。そこを列車が朝の静寂を破り猛スピードで走り過ぎていた。

もっと早く死ぬべきだった。

せめて少年院で翔太が自殺しようとした時に、俺が出てこなければよかったのだ。

蚊(か)やゴキブリは殺さなくてはいけない。

蟻を殺しても怒られない。

猫や犬を殺しても、大きな罪には問われない。

人間を殺しても、一四歳未満ならば罪にならない。

大人になって人を殺しても、警察に捕まらなければ問題はない。

ずっと自分を欺く言い訳を探していた。

しかし真奈美に出会ってから全てが変わってしまった。真奈美に出会わなければ、良心の呵責(かしゃく)など感じることもなかったはずだ。しかし今ではそれすら、どうでもよかった。何があっても死んでしまえばそれまでだ。

そもそも俺は、生まれてくるべき人間ではなかったのだから。

踏切の警報音が再び鳴り始め、遮断棒がゆっくりと下がっていく。白いミニバンが踏切の前で停車した。やがて遮断棒が下がり切り、遠くから特急列車が近づいてくるのが見えた。踏切の前には三台の車が停車していたが、歩行者は俺しかいなかった。

遮断棒の下を潜(くぐ)り抜けるために、俺は靴ひもを結び直すように身を屈めた。そして顔を電車が近づいてくる方に向けてタイミングを見計らう。

小さかった特急列車が徐々に大きくなり、轟音とともに近づいてくる。

次の瞬間、俺は遮断棒を潜り抜けて線路上にこの身を投げ出した。

# 僕

《麻衣に会いたいな》

その後何度も、麻衣とメッセージのやり取りをした。

《私も》

《来週の予定はどう？》

趣味のアニメの話で盛り上がっていくうちに、当然会おうということになった。

《ゴメン。来週は忙しくて無理かもしれない》

しかし具体的に待ち合わせをしようとすると、急に話が進まなくなった。マッチングアプリを盛り上げるための雇われたサクラではないのかと疑ったこともあったが、無料会員の僕にそんなことをするとは思えなかった。

《翔太は何人家族なの？》

《僕は子供の頃に母親を亡くしたから、家族らしい家族はいないんだ。生まれてからずっと独りぼっちなんだ》

見ず知らずの麻衣だから、プライベートなことも気軽に打ち明けることができた。

《可哀想。私には障害のある弟がいるけれど、まだ家族がいるだけ幸せだと思う》
千葉直樹の手紙が届いて僕の心は揺れていた。
DNA鑑定など受けて今さらどうなるというのか。調べなければわからないことだし、このまま千葉直樹が死んでしまえば、その秘密を知る人間はこの世にいなくなる。
《麻衣も大変なんだね。実は父親かもしれない人がいるんだけど、DNA鑑定をしようかどうか迷っているんだ。父親かもしれない人は、病気であと一ヵ月ぐらいしか生きられないらしいんだ。だから本当に父親かどうか今調べておかないと、一生わからなくなってしまう。でももしも違っていたら、僕は気が狂ってしまうかもしれない。だから本当に悩んでいるんだ》
その一方で真実を知って楽になりたいという気持ちもあった。
千葉直樹が僕の父親ではないかと思うところもあった。刑務所で会った時に、鼻の形がどことなく自分に似ているような気がしていた。だからいっそ鑑定を受けて、白黒はっきり決着をつけようと思ったりもする。
《麻衣、僕はどうすればいいと思う？》
思わずそんな相談を見ず知らずの麻衣にしてしまうほど、僕は懊悩していた。
『お前なんか、生まれてこなければ良かったのに』

子供の頃に毎日のように言われてきた言葉が、今では違った意味に聞こえていた。

《もう悩みすぎて、気が変になりそうだった。

《もう少し詳しい話を聞かないと、なんともアドバイスできないな》

《やっぱり、麻衣に会いたい。いつだったら会える？》

ここまで打ち解けられた麻衣にならば、どんなことでも相談できるような気がした。それにとにかく誰かに、この自分の悩みを聞いてもらいたかった。

《私、そんなにきれいじゃないけど、それでも会ってくれる？》

《もちろんだよ》

この際、麻衣の容姿はどうでもよかった。

《それに実は私、嘘を吐いていたの》

《どんな嘘？》

《マッサージ店に勤めているっていったけど、私、本当はデリヘルで働いているの。そんな私でも会ってくれる？》

麻衣のプロフィール写真を改めて見たが、純朴そうな感じでとてもそんな風には見えなかった。

《どんな仕事をしていても、麻衣は麻衣だからね。だけどどうしてデリヘルで働いているの》

《もちろんお金のためよ。田舎の実家が本当に貧乏なの。障害のある弟の治療代がバカにならなくて、しかもお父さんは失業中で毎日お酒ばかり飲んでいるの。だから私が働かなければならないんだけど、田舎じゃ大した仕事がないから東京に出てきたの。だけど学歴も資格もないから、そういうお店で働くしかなかったの》

児童養護施設では色々な家庭環境の子供たちを見てきた。親が頼りにならなければ、子供は自分の力で生きていくしかない。麻衣も僕と同じような境遇なのかもしれない。そう思うと風俗で働いていることだけで、麻衣を軽蔑する気にはならなかった。

《家族のために働いているなんて、麻衣は本当に立派だね》

《そう言ってくれると嬉しいよ。そうだ、お店で会えないかな。最近は指名も減っちゃって困ってたの。ねえ、人助けだと思ってお店に来てくれないかな。お店は偽名で大丈夫だから。ちなみに私、お店では宮本まゆっていう名前だから》

オレ

六本木の交差点で手を上げると、一台のタクシーが停車した。

ドアが開くと同時に、倒れるように車内に乗り込んだ。

「お客さん、大丈夫ですか。だいぶ飲まれているみたいですけど」

久しぶりにキャバクラで飲んだが、飲ませ上手のキャバ嬢がいて足元がおぼつかなくなっていた。

「大丈夫ですよ。四谷まで」

そう言った瞬間にしゃっくりが出た。

「かしこまりました」

背広姿の中年の運転手は、カーナビを操作させながらそう言った。

信号が青に変わると、タクシーはゆっくりと走り出した。

『将棋の藤井聡太四段（一四歳）が、第三〇期竜王戦決勝トーナメント二回戦で佐々木勇気五段（二二歳）に敗れ、連勝記録は二九でストップしました』

助手席後ろのパネルに、そんなニュースが表示されていた。ＡＩ時代の若き天才児の活躍は、将棋界のみならず広く世間の耳目を集めていた。相変わらず丹沢の山奥で死体が発見されたというニュースは流れていない。

ヨシハルが電車に飛び込んだ時は、もう助からないと思った。耳を劈くようなブレーキ音がした瞬間に、オレは線路の向こう側に飛び込むつもりで全力で跳躍した。そして間一髪のところで、電車に弾き飛ばされることを免れた。

あれ以来、ヨシハルは自分の殻に閉じ籠り二度と表に出なくなった。まさに翔太と同じだった。

やっとこの体がオレだけのものになった。

今、向かっているのは四谷の真奈美のマンションだった。

一ヵ月前に真奈美を丹沢に埋めてから、オレはずっとその部屋に住んでいた。真奈美を殺したのは、ヨシハルが二度と出てこないようにするためでもあった。翔太の時もそうだったが、愛する女が殺されてしまえば自殺をする気力すらなくなってしまう。そう思って猪俣明日香も殺したが、ヨシハルにとって明日香はそれほどの存在ではなかったようだ。

腕の時計を見ると、深夜〇時を回っていた。さすがにちょっと飲みすぎた。こんなに酔ったのは本当に久しぶりだ。

まだまだ眠りそうもない六本木の灯りが、窓の後方に流れていく。

その一方で、車の振動が心地よくオレの瞼（まぶた）がどんどん重くなっていった。

「お客さん、着きましたよ」

気がつくと、真奈美のマンションの前にタクシーが止まっていた。

「スマホで払えますか？」

「すいません。カードだったら大丈夫ですけど」

運転手が申し訳なさそうにそう頭を下げる。

「じゃあ、カードで」

オレは財布からカードを取り出し運転手に手渡した。

運転手が慣れない手つきでカードをリーダーに読み込ませる。通信状態が悪いのか、二度三度同じ操作を繰り返すとやっとカードを読み込む音がした。

「暗証番号を押してください」

オレは真奈美の誕生日の四桁を入力する。

運転手から領収書とともにカードを受け取り財布に入れて、ふらつく足でタクシーを降りた。

「お客さん、忘れ物ですよ」

運転手の声に振り返ると、座席に一台のスマホが落ちていた。

酔っぱらって、誰かに電話を掛けただろうか。アルコールが回りすぎて、頭が上手く働かない。

「どうも、すいません」

オレはスマホを拾って、カバンの中に放り込んだ。

本書は書き下ろしです。

この物語はフィクションです。作中に同一の名称があった場合でも、実在する人物・団体、国家等とは一切関係ありません。

《参考文献》

『解離性障害』　柴山雅俊　筑摩書房
『ぼくが13人の人生を生きるには身体がたりない。』　ｈａｒｕ　河出書房新社
『消えたい』　高橋和巳　筑摩書房
『少年Ａ　矯正２５００日全記録』　草薙厚子　文藝春秋
『少年院で、大志を抱け』　吉永拓哉　幻冬舎
『特別少年院物語』　石元太一　大洋図書
『小児病棟・医療少年院物語』　江川晴　小学館
『実録！少年院・少年刑務所』　坂本敏夫　二見書房
『児童養護施設という私のおうち』　田中れいか　旬報社
『ＳとＭ』　鹿島茂　幻冬舎

宝島社
文庫

スマホを落としただけなのに
連続殺人鬼の誕生
（すまほをおとしただけなのに　れんぞくさつじんきのたんじょう）

2023年8月18日　第1刷発行

著　者　志駕 晃
発行人　蓮見清一
発行所　株式会社 宝島社
〒102-8388　東京都千代田区一番町25番地
電話：営業 03(3234)4621／編集 03(3239)0599
https://tkj.jp
印刷・製本　中央精版印刷株式会社


Printed in Japan
ISBN 978-4-299-04575-1